U0782822

中国历代通俗演义故事·农闲读本

包公案

原著　遇时安　杨龙岩
编著　
插图　刘

吉林出版集团股份有限公司

图书在版编目（CIP）数据

包公案／杨龙改编. —长春：吉林出版集团股份有限公司，2008.11（2023.8 重印）
（中国历代通俗演义故事：农闲读本）
ISBN 978-7-80762-946-7

Ⅰ. 包… Ⅱ. 杨… Ⅲ. 侠义小说—中国—明代—缩写本 Ⅳ. I242.4

中国版本图书馆 CIP 数据核字（2008）第 165865 号

书　　名	包公案 BAOGONG AN	
出版策划	崔文辉	
责任编辑	刘虹伯	
出　　版	吉林出版集团股份有限公司	
	（长春市福址大路 5788 号，邮政编码：130118）	
发　　行	吉林出版集团译文图书经营有限公司	
	（http://shop34896900.taobao.com）	
制　　作	猫头鹰工作室	
电　　话	总编办 0431-81629909　营销部 0431-81629880	
印　　刷	三河市金兆印刷装订有限公司	
开　　本	889×1194 毫米　1/32	
印　　张	6	
字　　数	101 千字	
版　　次	2008 年 11 月第 1 版	
印　　次	2023 年 8 月第 2 次印刷	
标准书号	ISBN 978-7-80762-946-7	
定　　价	38.00 元	

（如有印装质量问题请与出版社调换。联系电话：18533602666）

❦ 前 言 ❦

　　说起包拯,在中国真可算是个家喻户晓的人物,大家出于敬重,往往尊称他为"包公"。每当人们提到包公,脑海中首先浮现的往往是"开封有个包青天,铁面无私辨忠奸……"是他那上斩皇亲国戚、下斩奸恶小人的三口铡刀和他身边威武能干的张龙、赵虎、王朝、马汉。作为一个在我国民众中口耳相传了千百年的传奇人物,民间有关包公的传说层出不穷,广大群众或者依据历史记载,或者由于自己的喜爱而把许多其他人的故事糅合到包公身上,从而塑造出一个清正廉明、刚正不阿,对待作奸犯科者有如电闪雷鸣,而对待普通百姓又如和风细雨的清官、好官形象。可以说,包公体现了中国传统社会对于官员的最高期望。

　　在众多的包公故事中,最为引人入胜的是包公断案的故事,在我国传统戏剧中就可以看到不少,如"打龙袍"、"铡美案"、"陈州放粮"等等。这些剧目所表现的主要就是包公断案的故事。根据考证,以包公断案为内容的戏剧在元杂剧中已经出现,而真正使包公断案故事系统地得到展现的应该是明朝人安遇时编集的《百家公案》以及无名氏撰写的《龙图公案》,这两本书均为包公故事的集子,都是一百个故事。经过比对分析,我们发现《龙图公案》中有大概一半故事是照搬

《百家公案》的,其他部分则是对其他相似故事(如冯梦龙的《喻世明言》)的改编或照抄,相比之下,《百家公案》在包公故事流传史中的重要地位就凸现出来了,所以我们经过考虑,决定以改编的形式把《百家公案》介绍给大家。

由于《百家公案》是由一百个故事组成的,而本书容量有限,原书中又不乏封建迷信、愚忠和束缚了传统社会妇女近千年的三从四德等我们应当批判的东西,有些故事情节又太过简略,所以我们仅仅选取了其中一些较为精彩的故事进行改编,将原文所使用的浅近文言改为白话,并适当加以修改,完善情节,以方便大家的阅读。

需要向大家说明的是,前面提到的"打龙袍"、"铡美案"、"陈州放粮"等故事已经是经过了长时间流传,是不断修改完善之后的产物,《百家公案》中虽然也有这些故事,但是却与今天流传的有所不同,其中最为典型的就是五鼠闹东京的故事,在《三侠五义》等后出小说中,五鼠说的是陷空岛五位英雄豪杰,而《百家公案》中则是五只老鼠精下界为祸的事情,乍一看时,大家也许会觉着奇怪,但是对于大部分读者来说这也会是一种全新的体验。在当今这个新生事物不断出现的时代里,我们所做的工作虽然是对古书的整理,但是居然也可以给大家带来新的东西,这是我们乐意看到的,也希望大家在读了这些故事之后,对于包公有一个新的、更全面的认识。我们也相信,在当今提倡依法治国,大力反腐倡廉的情况下,本书的出版也是有意义的。

编　者

❧ 目录 ❧

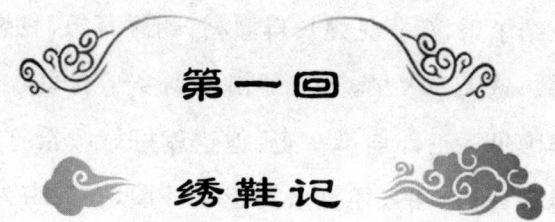

第一回

绣鞋记

　　话说离东京开封府四十五里地，有个叫做近江的集镇，也算是个远近闻名的繁华码头。这近江镇上有个名叫王三郎的人，一向在外面做生意，家境很富裕，娶了乡间朱胜朱老儿的女儿朱娟为妻。这朱氏生得一张好脸蛋，而且人很贤惠，也很能干，平日里王三郎在外奔波，朱娟就操持家务，把家里收拾得是井井有条，夫妻两个也很恩爱，日子过得好不令人羡慕！这王三郎为了做买卖，上河北，下江南，南南北北都跑遍了。这一天，王三郎又要整理行装出外贩卖货物，朱氏就劝他："人说万事都是天注定，富贵有命，何苦离家远出，奔波劳苦呢？再者说，咱们的家业也不算小了，就是坐吃山空也够好几辈子的了，咱也不差这点儿钱。你走了，我一个人在家也照看不过来，不如别再出去做买卖了，另外找些营生也好。"王三郎是在江湖上跑惯了的人，早就厌倦了这样风里来雨里去的日子，又见老婆说得在理，于是就不再出外贩卖，只是在本地近处做点儿买卖，倒也自在。

　　这王家对门有个叫李宾的，原来是在衙门里做刀笔吏的，后来又干起差役来，性子最是刁蛮狠毒，好淫贪色。自打这朱氏结了婚，李宾见她长得漂亮，朝思暮想，只想把这朱氏弄到手。这天一大早，王三郎出门到乡下村里收账去了，那边李宾瞧见王三郎前脚一走，他这就好好收拾打扮了一番，整治得齐齐整整的，径直来到王家外屋，在门帘外叫："王兄弟在吗？"这时朱氏刚刚起床，听见外面有人叫，就答应道："是哪个叫啊？我家三郎已经出门了！"李宾这时也顾不得男女之嫌，就直闯进屋里，见了朱氏说："小弟有件事想来托王三哥帮忙，不知道他这一时半会儿能回来不？"朱氏见是对门李宾，虽然不是很熟，可是也没啥怀疑的，就说："他今天出门收账去了，恐怕得晚上才能回来吧！"李宾听她说王三郎回来得晚，吃了颗定心丸，又见那朱氏刚刚起床，显然是还没有梳洗，睡眼惺忪，更觉可爱，不禁色心大起，上前一把扯住朱氏的手："嫂嫂先和我坐下，王三哥既然不在，说给嫂嫂你也是一样的，等三哥回来了你转告他就是了。"朱氏见李宾一上来就动手动脚，知道他图谋不轨，就抽出手来一巴掌掴在李宾脸上："好你个李宾啊！你枉为堂堂六尺男儿，竟全不顾男女有别，青天白日就敢来调戏人家老婆，真是猪狗不如的东西！"说罢，愤愤然地转身进屋去了。这李宾被打了一巴掌，羞了个大红脸，捂着脸退出去了，心里把朱氏骂了个不停，回到家里，李宾突然想起：若是王三郎回来，这朱氏定要把这事说出去，那到时候岂不是要起争执？这王三郎家大势大，也不是个好对付的主儿，不如我这就去杀了朱氏灭口！李宾心中动了杀机，便拿了一把牛耳尖刀，又偷偷地溜到王家，这朱氏正倚着栏杆在那儿坐着，因为刚才李宾有意轻薄，心里正在上火，哪曾想一扭头见这李宾居然去而复返，不禁怒火上冲，骂道："你这不要脸的东西还敢来？"李宾也不答话，上去一刀就插在朱氏的脖子上，朱氏哼都没哼一声就倒在地上，鲜血直流，片刻之间就没救了。可怜一个红粉佳人，转眼就命丧黄泉了。李宾上去脱下朱氏脚上的一双绣花鞋，打喉咙上拔出尖刀，拿鞋擦干了刀上的血迹，一并拿到江边一个亭子边上给埋了。当时天色尚暗，人们都还没出梦乡，也就没人瞧见，李宾心里暗喜：这事儿做得可真是神不知鬼不觉！

这事情可也巧了，朱娟有个本家兄弟叫做朱念六，一直在外面做买卖，漂泊不定，这一天恰好坐了船路过近江镇，船就停在江口，心想自己这堂姐自打嫁到王家之后，就再也没见过，虽然自己和那姐夫不认识，不过既然路过这里，也该过去看看，免得日后提起了说我不知礼数。朱念六心里这样想，见天色尚早，就到街市上混了半天，等到天快黑的时候才打听明白了王三郎家在哪里，晃晃荡荡地朝王家而来，心想着还能混他顿晚饭，岂不是好？可是到了王家门口，却只见屋里黑洞洞的，叫了几声也没人答应，见这门还开着，就径直闯了进去，黑灯瞎火地一顿乱撞，转到这栏杆边上朱氏倒地的地方，也没见着人，朱念六心想：这姐夫两口子是不是出去了？这门户也太不谨严了，也不怕招贼？没能见着堂姐，朱念六心里好不失望，只好转身回船，却不知道他刚才走到栏杆边上的时候，脚早已踩到血泊里面，鲜血都浸到脚面上来了，一路走回去，鞋底上沾了不少泥土，深一脚浅一脚的，这朱念六还念叨：今天也没下雨啊？怎么鞋还湿了？肯定是哪个没良心的把洗脚水倒街上了,真是晦气!回到船上,朱念六也没仔细看,就把鞋脱了放在火炉上烘干,自己则倒头便睡,哪知道一场祸事就在眼前了!

这天晚上,天都漆黑一片了,王三郎才回到家里,见屋里也没有掌灯,黑咕隆咚的,喊了几声也没人应,还以为朱氏等不及自己已经先睡下了。王三郎就走到厨房里点起油灯,拿来去正屋,却见外屋也没有落锁,心想自己老婆啥时候这么粗心了,莫非是出了什么岔子?心里正在疑虑,刚转到栏杆边就看见地上倒着个人,血流得到处都是,仔细一看,正是自己老婆朱氏。王三郎一见,脑袋当时就大了:自己老婆这是怎么了啊?赶忙上去抱起朱氏来,只见她喉咙上叫人捅了一刀,好大一个窟窿,早就没救了。三郎抱着朱氏已经冰冷的尸体号啕大哭起来:"我那可怜的老婆啊!是哪个狠心的杀了你啊?"就这样哭了一夜。邻居们都听见了,第二天都过来看,因为这朱氏平日里为人仁义,这帮子邻居哪个没得过她的恩惠,见她竟然被贼人给害死了,都觉着可惜,可也想不出这朱氏怎么就遭了这飞来横祸。这些邻居里有个细心的说:"我刚才来时看门外有一路血迹,八成是那凶犯留下的,咱们可以循着这血迹追下去,不就可以找着那天杀的贼人了吗?"大家一听都觉着这主意不错,王三郎就求邻居们帮忙一起去追追看,大家都愿意帮忙,好拿这贼人为这死去的朱氏出气。于是王三郎就带了好几十个壮劳力,每个人都拿了棍棒家伙和绳子,循着血迹一路找去,到了江口就见那血迹在朱念六的船边上不见了,几个棒小伙儿就涌上船去,把还睡得迷迷糊糊的朱念六给捆了个结结实实，王三郎也不认识自己老婆这个堂兄弟，只当是仇人相见分外眼红，上去揪住他领口，"啪啪啪"就是三大嘴巴子："我和你无冤无仇，你怎么杀了我老婆啊？"这三巴掌一下子把朱念六的瞌睡虫全给打到爪哇国去了，一下子激灵了："哪个杀人了？哪个杀人了？你别诬赖好人啊！"王三郎抢上一步，到火炉上抓起正在烤着的两只鞋来："这就是凭据！你这贼人还敢狡赖？"又是一个大耳刮子。朱念六脸被打得生疼，却只见自己那双鞋上全是血污，心想：坏了！这哪是什么洗脚水啊！这下子我可真是跳进黄河也洗不清了！一帮人押着朱念六回王家，一路上众人恼他杀了朱氏，手里的棍棒不住地朝他身上招呼，打得他是失声痛叫，不住求饶。到了王家，虽然朱念六一再说自己是朱氏堂弟，说起来王三郎还是自己姐夫呢！自己怎么会杀自己的姐姐啊？可是王三郎他们哪里听得进去，只当他是狡赖，写了个状子，大家一起押了他去往开封府包大人那里告状。

包公刚一升堂，就听有人在外面击鼓鸣冤，拿了状子来看，竟还是人命大案，不敢怠慢，忙传击鼓的上堂来。王三郎一帮人吵吵嚷嚷地推搡着五花大绑的朱念六上了堂来，只说是这个汉子杀了朱氏，求包大人判他杀人偿命。包公问王三郎他们怎么就知道是这汉子杀人，王三郎禀告说众人循着血迹追到他船上，还搜得他作案时穿的鞋子，上面全是血污，不是他还是哪个？说到这里，三郎又想起昔日夫妻无比的恩爱，如今竟已人鬼殊途，鼻子一酸，哭道："不是他还是哪个啊？"便把那双鞋子作为证物呈上来。包公见果然全是血污，就叫左右收了,又来问朱念六:"你这汉子,你是怎样杀死朱氏的,还不从实招来?"朱念六心里委屈,也大哭起来:"包大人,小人名叫朱念六,是这死了的朱氏的堂兄弟,昨儿晚上我去她家探望,不想家里没人就回来了,也不知道是谁杀死了我这可怜的姐姐,鞋上沾上了血污。再说她是我本家姐姐,我昨儿个才到近江镇上,又与她往日无怨,近日无仇的,怎么会去杀她呢?小的就是有天大的胆子也不敢犯下这样的杀头大罪啊!求老爷明察!"包拯仔细问了现场的情况和船上的情形,心里寻思:就是这朱念六杀人,也不应该拿去朱氏的鞋呀!他那船上又没有凶器,这中间恐怕有冤情。就叫左右押了朱念六下去先投在牢里,待自己慢慢察访明白。

包公把这案子想了又想,感觉这破案的关键全在那朱氏不见了的鞋子和杀人的凶器上,要是找着了这两样,这案子就好办了。于是就想了个计策,叫书吏写了榜文四处去张贴,只说朱氏被人谋害,尸首上不见了一双绣鞋,要是有见着的,速速来开封府上报,包大人重重有赏。这榜文贴出去好几天,也没有一点儿消息。

这李宾害了朱氏之后,开始心里还有些害怕,每天也不敢出门,后来见冒出个朱念六来替自己受了罪过,心里暗自得意,也就无所顾忌了,又成天出去鬼混。这天,李宾到一家乡间小店去照顾那和自己私通的老板娘的生意,喝到晕晕乎乎的时候,李宾搂过那老板娘说:"你把老爷我伺候得怪舒坦的,今天老爷我就照顾照顾你,让你弄几两银子花花。"那老板娘荡笑着说:"我的好老爷,自打你来了我店里,哪里给过我半点儿好处？有这样的好事儿，你还不自己先得了去？少来拿我开涮了！"李宾见这女人不信，就和她说："你可知道前些日子那王三郎的老婆被人杀了？"老板娘说："关我啥事？又不是我杀的。"李宾说："听我说嘛！他们告到开封府，拿了朱念六在狱里，到现在还没判下来。那包大人有榜文贴出来，要是有人见着那被杀妇人的绣鞋交上去，重重有赏。我恰好知道这绣鞋在哪儿，就便宜了你，说给你听，你好让你那窝囊废丈夫去领赏吧！"老板娘见他说得好像真的一样，就问他："你当真知道？那你说这绣鞋在哪儿？你又是怎么知道的？"李宾当然不敢说是自己杀了人藏在那儿了，他扬扬得意地说："这也是该着我得这银子，那天我到江边上溜达，看见那亭子边上好像有啥东西，就过去看，原来是双绣鞋和一把牛耳尖刀，如今想来，多半就是那包大人悬赏要的东西。"这老板娘见他有些醉了，只当他是酒后戏言，也没当回事，晚上睡觉时就随口和自己丈夫说了。这村汉也是穷疯了，心想去看看，大不了白跑一趟，要是真找着了，落点儿银子，岂不是好？第二天就跑去看了，哪知还真叫他找着了绣鞋和刀，忙裹了拿回家去见自己老婆。这老板娘见李宾还真没诳自己，心里高兴，就让丈夫拿了去开封府见包大人。包公见还真有人来领赏，就问那村汉："你是从哪儿得来的？"这村汉说自己在江岸上亭子边地里挖出来的，包公心想那里又不是田地，他怎么就可巧上那儿刨去？肯定是有人知道告诉他的，就问他："既然是埋在地下，是谁让你去挖的？"这村汉见包公威严，两边一班如狼似虎的衙役个个瞪着铜铃般的眼睛瞧着自己，嘴里还不住喊着"威武……"心里害怕，只好说出是自己老婆说的。包公见他是个窝囊废，就明白他老婆多半不是个清白女子，这案子就得在她身上破了，就笑着说："这赏钱是你该得的。"吩咐左右拿出五十贯钱赏给他，这村汉欢天喜地地去了。包公吩咐张龙、赵虎上去跟住了，到他家左右小心察访，若是见他老婆和别的男人勾搭时，就把那人抓了来见。张龙、赵虎两个领命去了。

却说这村汉拿了钱回到家里，欢欢喜喜地和老婆说了。这荡妇见了这许多钱，心花怒放，就和男人商量："咱们得这些钱全靠李宾李老爷照顾咱，应该请他来喝酒好好谢谢他。"这村汉本就是个窝囊废，家里全都是老婆说了算，这时见老婆公然给自己戴绿帽子，可是也没法子，只好去把李宾请了来，好酒好肉地请他吃着。这老板娘不住地敬李宾酒："多承李老爷指教，如今已经得了赏钱了。"李宾扬扬得意地说："怎么样？我没说错吧？"不想张龙、赵虎在外面早听了多时了，就抢进屋来，把李宾和那女人都给扭住了，径直押到开封府来见包大人，禀明了当时两人所说的话。包公一拍惊堂木："你这婆娘，你怎么知道那被杀的妇人的绣鞋埋在哪里？分明是你杀了她！"那女人听包公这么说，心里害怕，指着李宾说："包大人，小妇人是全不知情啊！这都是他说给我的！"包公就又来审问李宾，哪知这李宾又奸又滑，就是不肯招认，只说自己也是无意间撞见的。包公见他嘴硬，就动了大刑，一帮衙役把他一顿好打，他吃受不住，只好招认了自己杀害朱氏的经过。包公见李宾认了，又回头去审问那村妇，怎么李宾会把这事说给她听？这村妇见李宾被打得死去活来，害怕包大人的棍棒也招呼到自己身上，就供出了自己和李宾通奸的事情。包公让他们两个在供词上画了押，就当堂问了李宾个死罪，押往刑场斩首示众，那村妇则问个通奸，把她流放到边关充军去了。朱念六终于被证明了自己是清白的，当堂无罪开释。众人见杀人真凶终于伏法，受冤枉的得以昭雪，无不拍手称快。

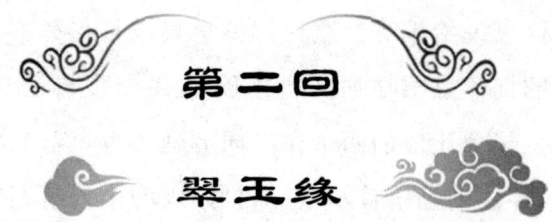

第二回
翠玉缘

　　话说北宋仁宗康定年间，江南有一个小县城，这县里有个在县学读书的公子李彦秀，字玉郎。这李玉郎年方二十岁，人生的是俊俏优雅，性子温和善良，学问才艺在县学里堪称是个魁首。在这县学学堂后面有一座高楼，挂着个匾额，上面写着"会景楼"三个大字，登了这楼，放眼望去，这远处的不尽秀美江山，近处的热闹市井街坊，尽入眼中。李玉郎每年夏天正热的时候，便搬到这楼上来住着读书，一则图个凉快，再者还可以不时欣赏美景，陶冶情操，真是好不畅快！

　　这一日，已经是初秋时节，又新下了雨，会景楼外本来就是青楼歌女汇聚之所，呜呜咽咽的歌唱之声，艳丽悠扬的丝竹乐音，被那轻风一吹，直飘到会景楼上来。李玉郎本来正在伏案读书，见这样的良辰美景，还有这样好的音乐、曲儿可以欣赏，哪还有心思读书，便放下书，让书童去请县学里的一班朋友一起来会景楼上饮酒看景致。不一会，这一帮人就聚齐了，去县学外酒家定了一桌酒席叫端上来，一时间这几个人就在这里推杯换盏，吆五喝六，好不热闹。这时，其中一个秀才说："像你我这样只能在这里听那边的歌舞之音，却无法享受那温柔乡里的风流快活，这可真是只闻其声，不见其形啊！实在是可惜可惜！"李玉郎见他说的没个正经，就打趣他说："您老兄若是见了那些美人儿的面，哪还有这样的闲情雅致来欣赏歌舞，早就扑上去了，那样反倒不清雅了！"大家都说李玉郎言之有理。这些人只是饮酒听曲儿，也觉着无聊，便要各自作首诗来大家一起切磋切磋。因为这一席李玉郎算是主人，在县学里又数他才情高，大家便吵吵嚷嚷地推李玉郎先作出来好让大家赏玩。李玉郎见推辞不过，就吩咐书童准备笔墨纸砚，挥毫写下了一首，大家传着看了一遍，都称赞果然是好诗。大家正在传看时，书童过来报说县学里的先生也来了。这先生是个老学究，每日只是念叨些个"之乎者也"，让学生们时时不要忘了读圣贤书，好求取个功名，每每把诗词之作叱为不务正业，李玉郎怕先生见了又要骂自己，心里着慌，就把诗稿揉成个纸团，隔着窗子扔了出去，这才回来拜见了先生，又请先生坐了上座，大家继续在这里饮酒作乐。

不想李玉郎这纸团子投得可也真是巧了，不偏不倚，正投到了对面张婆婆家楼上，这张婆婆只生有个女儿，名叫丽容，又有个小名叫做翠眉娘，这年才十七岁。这丽容生得那叫一个美啊！只见一张樱桃小嘴儿，就是不抹口红，也是朱红朱红的，小脸儿粉嘟噜的，再加上一对儿好像会说话的眼睛，配着一双有如新月弯弯眉儿，当真是沉鱼落雁，闭月羞花。这丽容不只是模样生得好，而且聪明乖巧，琴棋书画，样样精通，还写得一手好诗，女孩儿家的针线活儿什么的更是不用说。虽然丽容生在青楼，只是个歌女，却是只卖艺不卖身，一门心思要找个好人家嫁了去，城里有些浮浪公子哥儿听说丽容生得美若天仙，为了见她，不惜一掷百金，可是人家丽容从来都不正眼儿瞧他们，总是不见。张婆家后院也修了一座小楼，正好与这会景楼对着，上面也挂了个匾额，写着"对景楼"，丽容每天就在这小楼上或者看书画画，或者绣个鸳鸯什么的，要不就倚了栏杆看看楼外太湖上的景致。这天可也巧了，李玉郎投诗稿时，丽容恰好就在小楼上，见那边会景楼上丢了个纸团过来，便吩咐丫鬟过去拾了来看，一看原来题着一首诗，字体刚健清秀，诗写得那叫一个好啊！丽容非常喜欢，反复吟诵了好几遍，才收在贴身的衣袋里藏了。自打见了这诗，丽容小姐就睡不着了，心想如此高的才情，这肯定是李玉郎作的无疑了，这李玉郎听人讲人又长得好，又有才，而且现在还没有婚娶，而我又没有定亲，若是老天爷可怜我这个小女子，我愿意以身相许，到那时郎才女貌，夫唱妇随，岂不美得很了？心里这么想着，第二天，丽容就用一方白绫，也作了一首诗题在上面，打个结又抛上会景楼来，这也是上天有意撮合他们两个，这李玉郎也就恰好从那儿过，便拾了去，打开来读了，心想：我早听说这隔壁住着个有名的歌妓张翠眉,不仅才貌出众,又有操守,能出淤泥而不染,虽然生在青楼人家,却不是个风尘女子,我一直想见见她却没遇着机会,今天看她这诗作,果然不差。李玉郎心里想着,便有意要见张丽容,就登上太湖石去,想着若是老天爷做美,也许能见着丽容,哪怕是远远望上一望也是好的。恰好,那时丽容因为把诗作抛了过去,不知道李玉郎见着没,心里正是没底,便坐在小楼上倚了栏杆在那里望着烟波浩渺的太湖发呆。这两人就好像心有灵犀一般,彼此都认出了对方,互相倾心,却只是四目相对,默默无言。终于,李玉郎大着胆子问道:"我看小娘子的模样,莫非就是翠眉娘?小生乃是李玉郎。"丽容见自己朝思暮想的李玉郎就在眼前,还与自己搭话,心里虽然高兴,可是毕竟小姑娘家害羞,脸唰的一下红了,红着脸点点头说:"正是。前几日我得见大作,就知道必定是你李玉郎作的无疑了,不想今日有缘,终于见着公子了,小女子实在是三生有幸。"两人心里都明白了对方的心事,不禁相对大笑。丽容说:"我久闻公子您的才行,可是却一直不曾婚娶,不知这是什么缘故?"李玉郎说:"若是我能得着个妻子有你这样的才貌,那我李玉郎就死而无憾了。可惜小生福薄,一直不曾遇上这样的佳偶。"就这样,两个人你有情来我有意,就瞒着父母,私定了终身,还对天发誓一定要结为夫妇,这才依依不舍地分别了。

翠玉初会定终身

李玉郎回了家就向父母求告,恨不得这就请了媒人去张家提亲。可是李家二老听说自家儿子喜欢上一个青楼女子,大发雷霆,坚决不同意这门亲事,说这张丽容再怎么说也是青楼人家出身,虽然在她这一辈儿上想要改换改换门风,可是终究进不得咱们这士大夫出身的正经人家,就是娶了回来也是进不了祖坟的,叫玉郎趁早死了这条心。玉郎没法子,只好请了至亲好友来劝自己的父母,可是李家二老任凭怎么说就是不松口,说什么也不让丽容过门。就这样耽搁了整整一年,为了这事儿,李玉郎的学业也荒废了,每日里只是想着丽容,如痴如醉,只闹得形销骨立,简直都不成个人样了。那边张丽容也是容颜憔悴,誓死不嫁他人,把张婆婆也是愁得没法子。李家二老见玉郎心意坚决,自己这样坚持也不是个事儿,难不成还真眼睁睁地看着自己的宝贝儿子就这样废了?没办法,只好应允了玉郎,备下了聘礼,请了媒婆去丽容家说媒提亲。

眼看着这一对天作的姻缘就要成了,怎知道天有不测风云,人有旦夕祸福。玉郎与丽容的婚期将近的时候,却又凭空里生出一场祸事来。原来这本省的参政名叫做周宪的,任期满了要进京去述职。当时朝里面正是王丞相独揽大权,但凡是任满的官员去京里述职时,哪个不得拿个万把两白银去做进见礼,要是没这见面礼,就少不得要被罢免清退,要是惹恼了王丞相,他发起怒来,在皇上跟前参上一本,不只是丢官,可能连小命都没了。一时之间,朝廷上是浊气冲天,巴结逢迎王丞相的人每日里把丞相府的门槛都给踏破了。周参政心想自己这次进京,也少不了要上王丞相那里去拜见,可是自己虽然已经当了九年的官,可都是些清水衙门,也没落下多少银子,搜刮净了也才不过几千两银子,离一万两还差着老大一截子呢!这下可愁坏了周参政,没法子,只好把自己手下一帮子师爷都请过来商量对策。这些师爷都是在官场上摸爬滚打好多年了,最善于揣摩上司的心思,果然,这其中就有一个想出个主意:"大人,这王丞相家里已经是家财万贯了,也不差大人您这万把两银子,我听人说王丞相最看重的是美女和珍宝。要是大人您在这里各府官妓中选那才貌双全的买下几个来,也不过花费个几百两银子,再精心装饰打扮一下,也不过再花几百两罢了,可是要是拿去献给王丞相,那可比万两白银强得多了。这样必定能够得到王丞相的欢心。"周参政一听,心想这话不差,喜出望外,赶紧吩咐手下人到各府捡那美貌的官妓买他几个回来,精心打扮了就要带着去往京城,可是谁曾想这几个中间偏偏就有张丽容。李玉郎家知道了,一下子慌了手脚,赶忙上下奔走,四处托人求情,可是在那几个女人里面就数丽容生得最好,周参政正指着丽容来讨好王丞相呢!怎么肯放她回来?结果李家也不知道花了多少银子,直把家产都散尽了也没能救出丽容来。

这一天,周参政雇了一艘大船,带了丽容母女和其他几个歌妓上了船直奔东京开封府而来。丽容知道这事情是没个逃了,没法子,就托人带了一首诀别诗给李玉郎,自己一上了船,就开始绝食,一心一意求死。张婆婆见丽容心意坚决,只好哭着说:"我的儿呀!你死了倒是一了百了,也保全了你的节义,可是你娘我可往哪儿逃啊?你这不是要活生生逼死我吗?"丽容听了母亲这一番话,心里着实不忍,只好稍稍吃点儿东西。那边周参政一行走水路赶奔京城去,这边李玉郎就走陆路一路跟随,终日里只是痛哭不止,路上人听说了其中情由,没一个不可怜他们这一对儿苦命鸳鸯的。就这样走了快两个月,周参政他们的船停在一个市镇,李玉郎这时已经追赶了有三千多里地,一路上风尘仆仆,辛苦得不得了,又终日里牵挂丽容,全不顾自己,这时已经是蓬头垢面,瘦得脱了人形。丽容在船上透过船缝看见了,当时就心疼得昏死过去,张婆婆赶紧去拿些茶水来灌下去,过了好久她才苏醒过来。丽容见玉郎对自己痴心一片,甘心情愿为自己受苦,心里难受,就去苦苦哀求船夫替自己捎话给玉郎:"玉郎啊!我之所以到现在还在这个世界上苟且偷生,只是因为我要是死了,老母无法脱身。我那老母要是能够脱身,我也就可以安心赴死了。我的玉郎啊!你赶快回家去吧,不要再为我自讨苦吃!看着你为我受这么大的苦,我心里面跟针扎似的。我这辈子是没法子和你结为夫妇了,只求来世咱们能在一起了。"可怜那李玉郎本来一路辛苦,身子骨已经非常虚弱了,这时听了船夫带来的口信儿,心里面的悲痛再也难以抑制,一下子扑倒在地上,居然就死了。那船夫见他可怜,不忍心看他就这样弃尸荒野,便把他就地埋了。当夜丽容听说玉郎已死,也无意独活于世,就在这船上自缢死了。

　　周参政见眼看京城就要到了,丽容却自缢死了,大怒道:"好你个张丽容!我给你锦衣玉食要你去享受荣华富贵,你却留恋那么个穷酸书生,连自己命都不要了,真是晦气!"心里恼怒,无处发泄去,便让船夫把丽容的尸首搬到岸上拿火烧了,锉骨扬灰,好泄自己心头之恨。哪知虽然燃起熊熊大火烧了,丽容的心却在火中一点儿也没变。船夫见这事实在是奇怪:哪有烧不坏的人心啊?便壮起胆子拿脚去踩,只见里面有个小物件儿,有点儿像人的形状,只有手指大小。船夫便拿去用水洗净了,只见竟然是一个金光闪闪、坚硬如石的小人儿,更奇的是,那小人儿的衣服容貌,居然和李玉郎一丝儿不差,只是不会说话不能动罢了。船夫见竟然生出这样的异物来,自己也不敢私藏,赶紧拿来回报周参政。周参政一看,惊叹道:"真是怪事!看来是他们两人精诚所感,才能化成这样的异物。"旁边的人都说:"这丽容的心既然是这个样子,那个相公的心想必也是如此,请大人下令焚烧那李玉郎的尸首,看看是怎样。"周参政心想众人所言不差,便同意了,果然又得了一个小人儿,也是金石般质地,只是容貌衣服却与丽容一般无二。周参政见恰好凑成一对,高兴得不得了,心想这两个人虽然死于非命,可是居然叫我得了这等稀世珍宝,要是送给王丞相,还怕丞相不赏识我?这一对小人儿就足够保我的荣华富贵了!想到这里,周参政便打发了张婆婆和其他几个歌妓回去,把这对儿小人儿用精工雕刻的匣子盛了,外面再裹上漂亮的锦囊,上面还写上"心如金石之宝",喜滋滋地拿了去见王丞相,说了前后始末,要献给丞相赏玩。王丞相听说有这等奇事,还有这样的奇异宝贝,当即让周参政拿来给自己看。周参政故弄玄虚,只是解开锦囊,却让王丞相自己去打开匣子,也好显显自己这宝贝的奇异。王丞相急不可耐地打开匣子,却差点儿没气得背过气去,只见那匣子里哪有什么金石之宝,只有一团污血,不堪入目,不能靠近。王丞相一看,大发雷霆,心说:好你个大胆的周宪啊！你这狗官竟敢欺诳我，看我不给你点儿颜色瞧瞧！王丞相便叫家人把周参政拿住了，请了包公到府上，对包公说："包大人，这狗官强夺了人家的妻子，最后竟把人家夫妻两个都给逼死了，如今还拿这等污秽之物来开我的玩笑，当真是狗胆包天，请包大人费心把他拿了回去，下在大牢里问他的罪过。"包公平生最见不得有人受冤屈，听说这周参政身为朝廷命官，知法犯法，竟然活活逼死两条人命，不由得火从心头起，怒向胆边生，便吩咐左右押了这姓周的回开封府衙。

回到开封府，包公在大堂上问明了这事儿的来龙去脉，心想：好你个王丞相，你一向在朝里强横霸道，贪赃枉法我还没追究你呢！原来这两条人命你也脱不了干系，我就借着这个机会扳倒你，也好为朝廷除奸！便写了个本子，参奏到皇上那里："皇上明鉴：李玉郎、张丽容心心相印，情意相投，却被参政周宪生生拆散，最后居然逼得他们两人双双死于非命。这周宪着实可恨，夺人之妻，逼死两条人命，该问他个死罪。然而他一人之死不足以偿二命，该将他妻子充军。王丞相专权受贿，李张二人之死，都是因他而起，该当罢其官职、抄其家产。"仁宗皇帝见是包公上的本子，料想其中不会有半句虚言，而且这李、张二人着实可怜，周、王二官实在可恶，便当即准了包公的奏请。周宪当即被押往午门外问斩，王丞相则被剥去蟒袍，摘下乌纱，罢官免职。听说包公雪了李玉郎、张丽容的冤屈，杀掉了罪大恶极的周参政，平日里飞扬跋扈的王丞相也被罢官抄家，实在是大快人心！百姓们哪个不拍手叫好，称赞包公的功德？

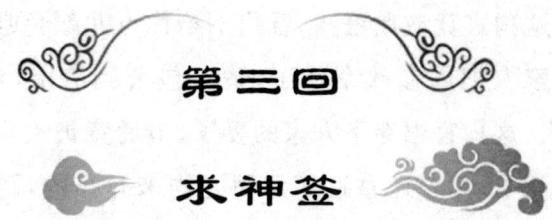

第二回
求神签

　　话说河南开封府管下陈州西九十里,有一个小县叫商水县,县中有个人姓梅名敬,少年时就进了学校,攻读诗书想要谋取个功名。这梅家家道殷实,梅敬的老父母都在,梅敬也没有兄弟,家中就这一根独苗,父母是无比地疼爱,待到梅敬到了谈婚论嫁的年纪,便由父母做主娶了邻县西华县姜家的闺女为妻。娶妻之后,这梅敬也不曾荒废了学业,终日里读书不辍,又是个大孝子,时刻不忘孝养双亲,与父母、妻子尽享天伦之乐,日子好不快活!

　　哪知道天有不测风云,人有旦夕祸福,乐极反而生悲,两位老人竟然相继得病亡故了。梅敬夫妻在灵前守孝,终日哭个不停,又隆重地安葬下去,还守了三年的孝。等到守孝期满,梅敬牢记着父母在世时的嘱托,一心要考举人,可是天不遂人愿,每次都是名落孙山。因为科举场上总是失利,这求取功名的心慢慢也就淡了,这年梅敬看了榜回来,自己还是榜上无名,就和自己老婆姜氏说:"我自小读书想要求取功名,将来也好光宗耀祖,封妻荫子,做个立于天地间的伟人。本来还以为有些盼头,可是现在看看,这老天也不遂咱的心愿,二老都去世了也未能见我功成名就,哪对得起他两位老人家啊?现在科举这条路看来是没希望了,我想咱也不能一棵树上吊死,做买卖要是干得好也能挣下个万贯家财,也有享不尽的荣华富贵,所以我想放弃科举,改学经商,四处做买卖去,不知道贤妻你意下如何?"姜氏不过是个妇道人家,丈夫既然都这么说了,哪有不从的道理,就说:"我听古训说得好,在家从父,出嫁从夫,这才是妇女家的好德行。夫君你既然有意经商,我也只有听从。只希望夫君你在外面做买卖时,时刻要以身子为重,不要拈花惹草,毁了自己的身子不说,志气慢慢地也得给消磨光了。一旦挣了钱,就赶快回家,也好免了为妻的许多牵挂,别的我也没啥可说的。"梅敬听妻子不仅不阻拦自己出外经商,说得又这样有道理,心里高兴,满口应承下来:"那是自然的,我也不会在外面多耽搁,肯定尽快赶回来与贤妻团聚。"于是梅敬就收购置买了一些本地土产,要去四川成都府经商。临行时姜氏还专门下厨置了一桌酒席为丈夫送行,夫妻两个一起吃了,这梅敬就告别了妻子,一路风尘仆仆,千里迢迢赶往四川做买卖,留了姜氏一个人在家里独守空房。

转眼之间,这梅敬在外经商已经六年了,虽然算不上巨富,可也挣了不少银子,这一天忽然想到自己出来已经很久了,恐怕妻子挂念,就收拾财物准备回家。启程之前,梅敬心想既然来了成都府一趟,这大名鼎鼎的诸葛武侯祠可不能不看,原来自己一直忙着做买卖也没时间去,这次回家也不知道以后还有没有机会再来,应该去瞻仰瞻仰。于是梅敬就赶在回家前一天去了一趟,各处观赏了一回,临走时见大殿之上有求签的,心想人都说诸葛武侯祠的签最灵验了,自己这次回家路途遥远,也问个签求诸葛武侯保佑保佑。梅敬便诚心诚意祷告了一番,摇了摇签筒,只见里面蹦出个签来,赶紧捡起来看,只见上面写着:"逢崖切莫宿,逢水切莫浴。斗粟三升米,解却一身屈。"只把梅敬看了个丈二和尚摸不着头脑,也不知道是怎么个意思,又归家心切,只好暗暗记住了,回去收拾收拾就雇了条小船往家赶。

这一天,天色将晚不好再赶路,船家就把船停泊在好大一座山崖下面,想在这里停一宿。正要起火做饭,梅敬忽然想起自己求的签里有"逢崖切莫宿"这一句,登时醒悟,赶忙命船家把船撑开,远离这座高崖。哪曾想,船家刚刚把船撑开,这好大一座山崖竟轰然崩塌下来,毁了崖上崖下好多人的性命财物。梅敬见了,心里暗叫:实在是侥幸!这才深信这诸葛武侯祠的签果然灵验。一路上再也没有什么事情,梅敬平平安安地回到了家中,见了自己的妻子姜氏,两人在一起叙了久别之情,各自心中都是好不欢喜。

梅敬到家时天色已经晚了,这晚又恰好没有月亮,屋里好不昏暗。姜氏因为丈夫终于回来了,心里高兴,忙不迭地下到厨房,烧了一大盆热水,对梅敬说:"夫君一路上辛苦了,我烧了一大盆热水,请先去洗个澡,也好睡个舒坦觉。"梅敬听妻子要自己去洗澡,突然想起神签里说"逢水切莫浴",看来这澡是洗不得的。于是梅敬就推说自己刚刚回来,实在是累得不行了,没心思洗澡,这就想睡去。姜氏见丈夫这么说,也就不说什么了，自己去里屋洗澡，正洗着呢，不承想这屋里竟然藏着一个人，这人见有人进来洗澡，就拿着一把利枪朝姜氏肚子上就是一戳，可怜那美貌贤淑的姜氏，转眼间就一命呜呼了。这贼人见自己得了手，便逃了出去。这边梅敬在外屋坐着，见姜氏洗个澡竟然去了这么长时间还不见回来，心里不免犯嘀咕，就拿了油灯去看是怎么回事，这一看才知道姜氏已经死于非命了，可恨这贼人真下得狠手，竟连一点儿声音都没得。自己出门在外整整六年，这才一回家老婆就遭此横祸，想到昔日夫唱妇随的好日子，梅敬心里悲伤至极！直哭得昏死过去好几回。第二天这梅敬心想自己老婆死得不明不白，该当去官府告状，也好为自己那冤死的妻子讨个说法，可是这姜氏是被哪个害了，是为啥被害的，自己却是全然想不出个所以然来，这状该怎么个告法，梅敬心里拿不定主意。不承想这梅敬哭妻早已惊动了街坊邻居，大家都觉着这梅敬刚一回家，他老婆姜氏就没了，这天下哪有这样巧的事？大家又怕日后官府问下来，自己知情不报，反而难逃干系，大家伙儿一合计，便往开封府来报官，只说："梅敬无缘无故杀了自己的老婆姜氏，实在是败坏伦理纲常，我们这帮邻居都看不过，来报官，求包大人为姜氏申冤！"包公接下状子，仔细看了，便叫手下人拘押梅敬来问话。梅敬便把自己当日在诸葛武侯祠求签的事说了。包公寻思：这梅敬才回家来，哪有无故杀妻的道理？这其中肯定另有隐情，就对梅敬说："你出外经商，六年不归，你妻子姜氏又年少美貌，肯定是有了奸夫啦！这事看起来想是奸夫起意要杀你，而你多亏有神签之言保佑，才能避开了这一场灾祸，你妻子却被他误杀了。你这神签中说'斗粟三升米'，我想这官府用的官斗是十升，要是一斗粟只能打出来三升谷子的话，那七升无疑就是糠了，莫非这奸夫的名字就叫做糠七吗？你仔细想想，你认识的人里面有叫做糠七的没有？"梅敬听了，顿时醒悟："哎呀，大人！这就对了，小的对门还真有个人叫康七！"包公当即传令下去派左右捉拿康七来堂上问话。这康七到大堂上，见包公坐在公案后面，很是威严，心中害怕，把头磕得跟捣蒜似的，招供道："小人因为见这姜氏长得实在是好，想要把她弄到手，本来只是想杀了梅敬我好捡现成便宜，不承想倒把姜氏给捅死了。大人您明察秋毫，小的不敢有半点儿隐瞒，情愿认罪，大人您饶命啊！"包公便叫左右录了供词，让康七画了押，当堂就断康七给姜氏偿命，让刀斧手押了他去刑场当众处斩。众人听说了这事的来龙去脉，哪个不赞叹包公断案如神，常人莫及？

第四回

凤还巢

这年包公奉旨在陈州主持赈济灾民，办事得力，不断有人向朝廷递上奏折称颂包公之能。皇上见赈灾的事情已了，每每想起包公昔日在朝里如何倾力辅佐自己，也想念起包公来了，就遣使宣召包公进京。包公见是皇上下了御旨来招，不敢怠慢，料理了陈州任上的后事，把各项事情和来接任的官员交代清楚了，就启程进京。陈州百姓听说包公要走，感念他的恩德都来相送，一直送出十来里地，到了十里长亭，这才散去。包公感叹：为官一任，当造福一方；若是贪赃枉法，欺压百姓，少不了要被指着脊梁骨骂，自己不过是奉旨行事，救民于水火，百姓就如此感念，看来为官之道全在重民！因为想着这个，所以包公一再告诫手下，虽是公差，也不许骚扰百姓。这一路上也就相安无事，一行人马不停蹄地朝东京城进发。

一天，包公一行人来到桑林镇，包公见大家日夜赶路，非常辛苦，就吩咐在这里暂且住下，休整休整。这桑林镇是个小镇子，也没有驿站可供停留歇马，地方上见是包公到来，不敢怠慢，有意把镇上最大的客栈李家老店的客人全赶出去请包大人在里面歇息，包公见地方如此飞扬跋扈，不知体恤民情，心里非常厌恶，就吩咐一声："你们不必麻烦了，我刚才进镇时见镇口有一间东岳庙，地方宽敞，足够我们一行人住了。你们下去宣告四方百姓，就说我包某人在这里歇马三天，但凡是有冤屈不平的，尽可以来这里告状。"几个地方官不敢怠慢，赶忙下去传谕四方。

消息传出去不久，一个住在一间破败窑洞里的老婆子就步履蹒跚地来到这东岳庙外，要见包公告状。这把门的差役见她身上又臭又脏，把人熏得根本不敢靠到跟前去，就不愿意放她进去，这婆子就在门外高喊："我要见包公！我要见包公！你们凭啥拦着我？"里面包公听见了，赶忙吩咐把门的差役不可为难这老婆婆，马上带她进来。那婆子颤巍巍地来到殿上，包公见她老眼昏花，破衣烂衫，蓬头垢面，就问她："你是什么人？有什么不平之事？尽可说与本官听！"那老婆子听见包公问，竟然骂了起来："谁敢提我的名字，就是杀头的大罪。"包公笑道："婆婆，你这话怎讲？"老婆子说："我的冤情只有包公能够判断，为我洗雪，只怕你不是真包公。"包公问："你怎么能认得谁是真包公？谁是假包公？"老婆子说："我眼睛虽然看不见，可是只要摸一摸，后脑勺上有个肉包的，就是真包公，那时我才能和他诉说我的冤情。"包公见这老婆子倒是有见识，居然知道自己后脑勺上有个肉包！于是就说："好吧！那你就来摸摸，看我是真的，还是假的？"也不嫌她身上脏污恶臭，让她上来摸。那老婆子走过来，抱住包公的头，往他后脑勺上一摸，果然有个肉包，知道是遇上真包公了。忽然,她接连打了包公两记耳光。包公的左右随从见这老婆子如此大胆,竟敢打包公,都是大惊失色,上来要抓她。包公却一点儿也不发怒,喝退了随从,好言好语地问她:"你要告什么冤屈事,尽管说给我听,我一定给你做主。"不想那老婆子说:"此事我只能说给你一个人知道,你让这些公差都给我退下,我才能说。"包公就吩咐随从们都退出这东岳庙去,把大门紧紧关上,一个人也不许放进来。

那老婆子见前后已经没人,只剩下自己和包公在大殿上,突然号啕大哭起来。包公见她哭得凄惨,忙问她有何冤情,赶快说出来。老婆子一把鼻涕一把泪地说:"若是说起来,我那冤屈可真是深如海啊!我本是亳州亳水县人,我父亲叫李宗华,也曾做过节度使。我自小就体弱多病,人都说得送到出家人那里寄养着,求神仙庇佑,才能长命。我父亲疼爱我,怕我夭折,就在十三岁那年送我到太清宫修行,有个道号叫金冠道姑。一天,前朝真宗皇帝到太清宫上香,撞着我了,见我长得美丽,便纳我为偏妃。后来,我为皇上生下了小皇子。当时南宫刘妃也生下了一个公主,这刘妃就串通了大内总管郭槐,暗地里做了手脚,用她的公主换走了我的皇子。我见皇儿被换走了,气得一下子昏死过去,不承想竟把手里抱着的小公主给摔死了,真宗皇帝见我竟摔死公主,大发雷霆,就把我打入冷宫。皇上只道刘妃生的是个皇子,就册封她为皇后,并把这孩子册封为太子。等到太子稍稍长大的时候,有个太监张院子知道这内情,他秉性正直,有心要为我鸣不平。有一次太子在御花园游玩时,张院子就悄悄地对他说明了身世,不料这郭槐的眼线极多,竟然让他给知道了,就去密告了刘皇后。他们便捏造罪名,把那张院子关在天牢里,最后用一匹白绫把他给绞死了,还杀了他一家十八口。直到真宗皇帝驾崩,我儿仁宗即位,颁旨赦免宫内罪人,我才得以逃出冷宫,但是我那父亲早已亡故,家里又没有别的亲人,无依无靠的,只好流落在这桑林镇乞讨过活。如今终于盼到大人你来到这里,这可真是老天有眼!希望你去奏明皇上,好洗雪我这天大的冤屈,让我们母子相认,要是成了,你也做得一件千载不朽的大功劳!"

包公听这乡野村妇竟然说出这样一件天大的秘密来,直惊得半天说不出话来。这事关系到当今皇上和皇太后,非同小可,要是她冒认皇亲,这事儿可就不好收场了。毕竟这可是欺君罔上的大罪啊!千万马虎不得,他略一考虑,得问个真凭实据出来才保险,就问道:"娘娘当初生下太子时,看他那身上可有什么特别之处?"李娘娘说:"太子出生时,两只手上都有手纹隐约像是字迹,我拉开看时,见他左手有'山河'二字,右手有'社稷'二字。所以我儿是真命天子,该着他做皇帝。"包公一听,可不是嘛,上次五鼠作怪时,就听皇太后说当今皇上左手有'山河',右手有'社稷',这事看来是差不了了。包公赶忙起身过去扶这李娘娘坐在自己的位子上,倒头跪拜道:"包某有眼不识泰山,还请李娘娘恕罪。"又命左右取来锦衣,给李娘娘换上,然后带她一起赶奔东京。

包公回到京城,上朝拜见仁宗皇帝,禀明了自己在陈州放粮赈灾的事,只说陈州百姓十分感激皇上再生之德。仁宗听了，龙颜大悦，吩咐赐御酒给包公，包公端了御酒却是不喝，仁宗皇帝见包公不喝，就问他："爱卿此次去往陈州放粮，功劳不小，这酒该是你喝的，爱卿为何不饮？"包公见皇上问起，正中下怀，要因着这个来启奏那流落在外的皇太后的事情，就回道："臣近日得了风湿病，不能喝酒。"皇上说："想是爱卿在外太过劳累，才得着这个病，朕这就差御医给你诊治。"包公说："我这病就是华佗在世，扁鹊重生，也是治不好的。"仁宗皇帝见他说得奇怪，一个风湿病，怎么就治不好呢？觉着他话里有话，就问他："包爱卿可是有事要奏，直说无妨！"包公说："陛下您得赦了我的罪过，我才敢说。"皇上见往常做事雷厉风行的包拯今天居然如此磨蹭，只感觉好笑，就说："好！朕就赦你无罪！"包公这才启奏道："陛下，臣这次回京的路上，遇到一个道士，听人说他已经在路边哭了三天三夜，我见他如此悲痛，就问他为什么在那里哭，他说：'山河社稷倒了！'臣很奇怪，就问他：'你为何说山河社稷倒了？'他说：'当今没有真命天子在位，不是山河社稷倒了是什么？'仍在那里哭。"皇上一听，笑道："那道士说胡话，朕左手有'山河'二字，右手有'社稷'二字，怎么不是真命天子？"包公说："皇上既然如此说，就请大家看看，也好让这些闲言闲语无处藏身。"仁宗皇帝就把手伸开来让满朝文武看，大家一看，果然有字纹在手心里。包公却又奏道："真命天子，可惜做的是个草头王。"文武百官听包公说出这话，都吃了一惊，忤逆当今皇上，这可是杀头大罪啊！这包拯平日里不是蛮谨慎的嘛，怎么今天说出这样的狂话来？仁宗皇帝大为不悦："我朝自太祖皇帝以仁义得天下,传到寡人这里已经有好几代了,你怎么敢说朕是草头王?"包公就说:"陛下既然说自己是真命天子,怎么不知道自己亲生母亲在哪里?"皇上说:"朝阳殿里住的刘皇后就是当今皇太后,朕的生身母亲。"包公奏道:"怎么臣却查出陛下的生母如今在那桑林镇乞讨为生?皇上若是不信,尽可以问这满朝文武,肯定有知道内情的。"皇上问那百官:"包拯说的是真的吗?你们有哪个听过?"满朝文武见是关乎当今皇上身世的大事,面面相觑,谁也不敢乱说。这时左边转出王丞相来:"皇上,这是陛下的家事,除非是问大内总管郭槐,否则外人哪能知道?"仁宗皇帝就宣大内总管郭槐上殿,问他这事,那郭槐说:"刘娘娘正是陛下的亲生母亲,还用问吗?这是包大人妄生事端来欺瞒皇上,该治他个欺君的大罪。"这郭槐正是当初刘娘娘换龙子的主谋,听见这事儿被包公说破,心里恼得很,恨不能上去把包公嘴给缝上了,所以一上来就要置包公于死地。皇上一听,龙颜大怒,要把包公押出午门外斩首。几个金甲卫士应声上来把包公给绑了。包公问道:"臣要是屈死了,有处鸣冤吗?"皇上见这包黑子死到临头了还嘴硬,就说出句气话来:"朕是天下之主,天地之间我最大,你往哪儿去告去?"包公硬着脖子说:"那我就拼个一死,到玉帝那里去告天状,就告陛下你忤逆不孝!"仁宗皇帝见他居然如此嘴硬,知道这包黑子平日最是耿直,向来不说假话的,心里就有点儿犹豫了,半天没说话。那金甲卫士本来绑了包公要去砍头,这时见皇上犹豫了,知道这包大人平日里最得皇上喜欢,多半是杀不了了,就押了包公在大殿上耗着。王丞相见君臣这么僵着也不是个事，就出来打圆场："皇上，包拯此言必有来历，况且陛下刚才许过他无罪的，皇上您金口玉言，可不能反悔啊！就请陛下下旨把这郭总管发到西台御史那里审问明白，然后回报。若是包拯果然说的不是实情，您再问他个欺君的罪也不迟。"皇上见丞相说情，自己也念着包公昔日的好，不愿杀他，就说："好，西台御史王材，你把郭槐带回你的衙门里问个明白，有了结果，速来禀报。包拯先松了绑，回你的开封府闭门思过去吧！"

到了御史府，王御史就把这郭槐吊起来，严刑拷打，可是这毕竟是诛九族的大罪，郭槐怎么敢认？于是只有硬着脖子死撑，就是不招。宫里刘娘娘见皇上要查自己的身世，心中大乱，只怕这事儿被审出来，于是就找来了自己身边的心腹太监徐监宫来商议。商量来商量去，决定由徐监宫带上金银财宝去买通王御史。徐监宫见了王御史，把满满一箱子金银财宝摆在他面前，只说这是皇太后的一点儿心意。那王御史是个在官场摸爬滚打了好多年的人，自然明白这是让自己在审问郭槐时高抬贵手，他又是个贪财之人，见了这么多只有皇宫大内才有的稀世珍宝，摸摸这个，瞧瞧那个，和徐监宫不住点头："请徐公公回去和太后说，多谢太后抬爱，下官心中有数。"于是就让人把郭槐放下来，关在牢里，只说以后再审，这边却置备了酒菜，和这姓徐的在厅上喝了起来。两个人正喝着，突然有一个黑大汉闯了进来，这人脸上涂着黑墨，身上却是官府里人的打扮。王御史问："你是干什么的，敢擅闯我这御史府？"那黑汉说："我是三十六宫四十五院都御史，今天恰好赶上过年,就扮个社火来大人这里耍,好向大人讨些钱花。"就像模像样地舞了一回。王御史就吩咐看门的赏给他五十贯钱,并赏给他三碗酒。这黑汉也不推辞,咕嘟咕嘟三碗酒就下肚了,王御史和那徐监宫都叫声好:"好酒量!"哪知这黑汉经不得夸,竟然醉倒在地上,口里直叫冤枉。王御史就问他为什么喊冤,自己就是朝廷御史,可以为他做主。那黑汉一听,一下子翻身起来:"皇上不认亲娘不是罪过吗?御史贪赃受贿不也是罪过吗?"他这一说,正触到王御史的痛处,他心想这黑汉莫非是来逗我玩儿的,于是说道:"好刁民!放肆得很啊!天子不认亲娘关你何事?"吩咐手下把他吊起来要打。这里众差役七手八脚地把这黑汉吊在树上,门外却有人来报说:"包拯大人到了。"王御史一听,赶忙让徐监宫赶快从后门出府,然后带着手下出门去迎接包公。出门一看,门外只有包府的差役亲随,就是不见包公。王御史纳闷,就问包公手下的董超:"你家大人现在何处?"董超说:"包大人不就在您这御史府里吗?我们是得着信儿特来伺候的。"王御史很奇怪:"包大人啥时候来我这里了?"董超等人进御史府来找,指着被吊在树上的黑脸汉说:"这不是包大人是谁?"众人赶忙上前把包公从树上解下来。包公到一边洗了脸,换过官服,又来到王御史面前:"好你个狗官,你看我是谁?"王御史一看,这不是包大人还是谁?吓得跪倒在地,把头磕得跟捣蒜似的:"包大人,小人有眼无珠,冲撞了大人,请大人饶命啊!"包公见他那熊样,大怒道:"你冲撞我的事我不与你追究,只是本官跟前容不得贪赃枉法的,来啊!给我搜出那赃物来。"差役们领了令就四处去搜,一会儿就搜出了徐监宫刚送来的那一箱子金银财宝和他以前收受的许多贿赂。包公当即判道:"你身为御史,知法犯法,罪无可赦,今天我包某就代皇上明正典刑。"吩咐左右把这王御史扒去蟒袍乌纱,推到御史府门口当众斩首,以为后来继任者之警戒。

包公斩了王御史,就带着这一箱子金银财宝上殿来见皇上。仁宗皇帝一见赃物,一眼就认出了自己当初赐给太后的碧玉蟾蜍,心里就明白了是怎么回事,可是还是不敢相信,就问包公道:"这些金银财宝是谁送给王材的?"包公道:"臣已查明,是刘娘娘宫里心腹太监徐监宫送去的。"仁宗皇帝就宣徐监宫上殿,问他:"这些金银财宝你是打哪儿弄来的,为什么要送给王御史?"徐监宫见皇上问起,不敢隐瞒,只好说:"是刘娘娘叫小人送去的,小的不敢不去。"仁宗一听,龙颜大怒:"既然是我亲生母亲,为什么还要拿财宝去买通王材?这里面肯定有不清不白处!"就传旨发配徐监宫去边关充军,命包公去拷问郭槐,查清真相。

包公领了圣旨回府,下令押来郭槐,对其严刑拷打。不想这郭槐虽然被打得皮开肉绽,嘴却够硬,就是拒不招供。包公见他这样,知道再打也是无用,就吩咐把他先关在牢里,然后召来董超、薛霸,吩咐两人去查。董超、薛霸两位公差倒也有胆有识,就径直来牢里找郭槐。他们二人拿出一瓶酒给郭槐喝了,只说自己是奉了刘娘娘的旨意来见他,和他说:"刘娘娘让我们和你说,叫你千万不要招供,事情过去之后,必有重报。"郭槐不知是计,只道他二人果然是太后派来的,就和他们称兄道弟起来，在一起喝酒。这董超、薛霸有心要哄他招供，就不住地劝他吃酒，不一会儿，这郭槐就醉了，口舌不清地和他二人说："你——你们回——回头去和太后说，我郭槐——郭槐不是那忘恩负义的人，那事儿我——我就当是这酒咽下肚，一点儿也不会吐出来。你——你们两个不错——不错，给我小心地在这儿伺候着，等刘娘娘救我出去了，少不了你们的好处。"董超见他承认他和皇太后之间确实有见不得人的事，就突然翻脸道："阉贼！你分明知道这当中的实情，为何不招，我看你是皮肉受的苦还不够多啊！"就又把这郭槐一顿严刑拷打，郭槐知道逃不掉了，而且自己实在受不了这份儿苦，没法子，就只好把自己当年与刘娘娘合谋换龙子的事全招了出来。董、薛俩公差就让他写了一份供词，在上面签字画押。

　　第二天，董超、薛霸拿着这郭槐的供词来见包公，包公一看大喜，赶忙进宫去见仁宗皇帝，把这份供词呈了上去。仁宗看了供词，就召郭槐上殿亲自审问。郭槐这时却又翻供，只说："包公对小人滥施酷刑，我是因为实在受刑不过，只得按照他说的胡乱招了。我哪干过这事啊？我要是做了，怎么对得起先皇的信任啊？"仁宗见他不承认，又别无对证，觉着这案子还有可疑之处，就说："包爱卿，这事恐怕还得再查。"包公见皇上还是不愿意相信，就心生一计，上前奏道："请陛下将这郭槐吊在张院子家的房子里，到时候自然会明白的。"仁宗皇帝也不知道包公是打的是什么算盘，不过还是答应了，吩咐人把郭槐押往张家老宅吊起来。

包公就带着董超、薛霸去张家老宅审问这郭槐。到了晚上，听听外面守夜的已经敲过三遍鼓，已经是三更时分了，包公便让董超、薛霸布置起祭桌来烧香祷告起来。包公刚祷告完，就见这外面忽然天昏地暗，星月无光，一阵狂风直朝郭槐吹来，狂风起处，居然蹦出了牛头马面来，郭槐见居然有鬼差来了，心里着慌，一下子就吓昏了过去。只见这牛头马面上来就把这郭槐抓住了，一扯，就从树上给扯了下来，拿索命绳锁了。等到郭槐醒时，放眼望去，只见已经到了一处大殿，殿上到处都是鬼卒，抬头一看，一块大匾上写着斗大的四个大字"阎罗宝殿"，下面坐着阎王，影影绰绰地看不十分清楚，也分辨不出是真是假。只听那阎王问道："今有这张院子的魂魄来告这郭槐，判官你去查查这张家一十八口当死不当死。"旁边转出个判官，拿着好厚一本生死簿奏道："张家当灭。"这阎王又问："这郭槐当死还是当生？生死簿上是如何说的。"判官奏道："查生死簿郭姓下面名叫做槐的，如今在这阳间皇宫大内做太监总管，上面写得明白，他还有六年阳寿，不该现在就死的。"郭槐一听判官如此说，不禁大喜过望："阎王爷，您若是为小的做主，等我还阳时，去和刘娘娘说，给大王你烧化无尽的财宝来供奉。"阎王就说："那你就把当初刘娘娘干过什么都说给我听，我便救你。"郭槐心想活命要紧，就把当初刘娘娘如何命自己拿公主去换了那李娘娘的皇子，还陷害李娘娘，逼死张院子的事一五一十地说了，左右那些鬼卒全都给记下来了，还让郭槐画了押。这时，只听那阎王大喝一声："郭槐，你干的好事！你看看我是谁！"左右挑起挡在那阎王面前的一层轻纱,郭槐一看,上面坐的居然是当今仁宗皇帝,当时就吓得呆了。仁宗皇帝喝道:"阉贼!你还敢抵赖吗?朕是真命天子,不是阎王,判官是包公。"郭槐一看皇上如今都亲耳听了自己招供,知道再也无法狡赖,就好像一只泄了气的皮球,一下子瘫倒在地上,低着头,哑口无言,只求能够快快死了,好不再受罪。

皇上立即命令摆驾回宫,这时天色已亮,文武百官都来上朝,仁宗皇帝就和众大臣说了这事的来龙去脉。众位大臣都拜倒在地,贺道:"这是陛下之大幸,全都是包公的功劳。"仁宗皇帝就吩咐整饬鸾驾,去迎接了李娘娘。母子二人在大殿上相见,皇上和李娘娘两个抱头痛哭,当真是悲喜交集。文武百官都庆贺真太后还宫,仁宗这才送李娘娘入主后宫。想起这刘娘娘使自己骨肉分离数十载,又害死了自己的同胞妹妹,还害死了那耿直的张院子一家十多口,仁宗皇帝心里就气愤,为了泄恨,就要下旨把这刘娘娘下油锅炸了。包公见皇帝正在气头上,竟然说出这样残忍的话来,就劝谏道:"陛下,王法里没有斩皇太后这一条,天下也没有能炸皇太后的锅,刘娘娘虽然可恶,但是她毕竟是先王的皇后,而且对陛下您也有养育之恩,陛下若要处死她,赐她一匹白绫,让她自尽也就是了。倒是这郭槐实在是罪无可赦,该把他下油锅。"仁宗见包公说的在理,就吩咐赐了一匹白绫到刘娘娘宫里,当天晚上,刘娘娘就在宫里上吊自尽了。那可恶的郭槐则被下了油锅,受到了应有的惩罚。

仁宗母子重相逢

　　自此以后,李娘娘在宫里安心养老,仁宗皇帝十分孝顺,母子都很快活。仁宗皇帝的那些妃子也无不以刘娘娘为前车之鉴,不敢为争宠而做坏事,而皇宫里的那帮太监再也不敢为非作歹了,都是夹起尾巴做人,小心谨慎地伺候皇上、妃子们。朝里的文武百官见包公斩了王御史,扳倒了当今皇太后,无不佩服包公的胆识。百姓们听说这太后还宫的事儿,都说要想人不知,除非己莫为,善有善报,恶有恶报,不是不报,时候未到。

第五回

阴沟贼

　　话说河南开封府阳武县,有个叫做叶广的人,家里并不富裕,终日里只是能混个温饱。叶广娶了个老婆全氏,这全氏生得非常漂亮,人送外号"赛西施",为人也聪明乖巧。两人家里只有一间房,而且还是在村边上,没有什么邻居。叶广平日里编织席子,全氏则在家纺花织布,夫妻二人靠此营生,虽然生活拮据,可是两个人恩恩爱爱,倒也十分快活。不过毕竟穷得太久,把他们两个都给穷怕了,正所谓"穷则思变",这一天,叶广有了主意,就和妻子商量:"你我每日在家里只是辛苦,可是也仅能混个温饱,现在划拉划拉也只落下四两银子。我想总这么下去也不是个法子,不如留下一两五钱银子在家里,给你平日里用,还有二两五钱,我想去往洛阳做些小买卖,若是一年半载之后,老天爷可怜咱穷苦人,我赚着钱了,就回家来看你,再慢慢做打算,也比整日守在家里穷死强。不知我妻以为如何?"全氏说:"我听人说大富由天,小富由勤,夫君你既然有志经营,想必老天爷也不会不照顾咱,我哪能不愿意呢?只是咱这本钱少,夫君你在外面做买卖也要量力而行,不要勉强,倘若万幸赚着了银子,切记要早早回家,也免得为妻在家挂念。"叶广见妻子如此通情达理,心里感到很高兴,就拿了二两五钱银子买了些本地货物往洛阳贩卖去了。

叶广邻村有个叫做吴应的人,年少轻狂,却又生得一副好相貌,英俊清秀,而且人也很聪明,写得一手好诗,还没有娶妻子。叶广赴洛阳的第二年,吴应偶然从叶广家旁边过时,看见全氏生得美貌,心里喜欢,有意要上来套近乎,可是自己和人家又不认识,男女之间交往也不大方便,可把个吴应心里急得不行。想来想去,吴应向四邻打听,问明了叶家的情况,知道叶广出门在外,家里只有全氏一个孤身女子,感觉有机可乘。思来想去,吴应有了主意,他假写了一封书信,拿了来见全氏,把自己介绍了一番,只说自己在洛阳时曾经与叶广认识,两个人是好朋友,这次自己回家,叶广写了封信托自己带给全氏,还让自己带口信给全氏,以后家里有什么需要的,尽管可以去找吴应,两个人是生死之交,不必见外。全氏一个妇道人家,大字不识得一箩筐,人家说什么她就信什么,她见吴应是个年轻英俊的后生,又与自己丈夫是好朋友,心里高兴,赶紧满脸堆笑把吴应让进屋里。于是这两个人就算认识了,往后这吴应就三天两头地往叶家跑,嫂子长、嫂子短地叫个不停,直把个全氏哄得心里美得不得了。日子久了,这全氏见叶广总也不回来,自己也耐不住寂寞,于是你有情来我有意,才开始还只是眉来眼去,打情骂俏,到了后来,索性就勾搭到一起了。这吴应和全氏两人有了奸情之后,因为叶广家住得偏僻,平日里也没啥人来,也就没人知道他们这档子丑事，反而成全了这对奸夫淫妇，两个人就在叶家跟夫妻似的过起日子来了。

不觉光阴似箭，日月如梭，叶广在洛阳做买卖已经有九年了，每日里辛辛苦苦地在外奔波，好在皇天不负有心人，居然也存下了十六两银子。这一天，叶广想着自己出门在外的日子也不少了，单留老婆一个人在家里，一直也没有回去看过，如果自己只是留恋他乡，不顾妻子家室，也难免让人家说自己忘恩负义。于是叶广就收拾行李往家赶。一路上晓行夜宿，风尘仆仆，回到家里时，已经是三更时分了。快到家门口时，叶广心想自己家里只有一间屋，也没什么地方可以收藏财物，要是有强盗贼人来，一找不就找着了吗？叶广是个小心谨慎惯了的人，不敢把银子带回家，就预先把银子藏在屋前的阴沟里，这才来敲门招呼妻子全氏开门。哪知叶广这一敲惊醒了屋里床上正搂在一起的一对狗男女，这吴应和全氏听见是叶广回来了，直吓得睡意全消。那吴应也没处躲藏，没法子，只好壮着胆子猫在门后。全氏故意磨磨蹭蹭地等吴应藏好了才过来开门，见了叶广，做出一脸高兴的样子，赶紧把他拉进屋来，遮遮掩掩地好叫吴应逃命。叶广与老婆是久别重逢，见了面只顾着亲热，这吴应才瞅准机会逃了出去。

全氏与叶广毕竟是结发的夫妻，也好久没见着了，这下猛一见了也觉着亲热，赶忙下厨做了些饭菜和叶广一起吃了，吃完就收拾收拾上床睡觉。在床上，全氏就问起叶广来："夫君，你出门做买卖怎么九年时间也不回来一趟，让为妻好生挂念。家里面只有我一个人,日子辛苦极了,也不知道你在外面挣到钱没?"叶广说:"我这几年在洛阳还不错,辛辛苦苦地居然挣下十六两银子,因为想着咱家穷家蔽户的,也没个地方藏银子,又怕别人算计咱,我就没敢带回家来,先藏在咱们屋前面阴沟里了。"全氏一听,心想:这吴应多半还在外面呢!别让他听见了,到时候不又白白便宜了他?赶紧对叶广说:"夫君既然挣了这么多银子,赶快起来去拿回来的好,藏在家里也没事,不能藏在外面,要是有别人知道偷偷拿走了,那时候又没个凭据、见证,咱们可是要后悔也晚了啊!"叶广听老婆说得有道理,赶紧跳起来出门去取。哪知道那吴应果如全氏所料,逃出屋后并没有走远,而是趴在墙边偷听他们夫妻两个说话,早被他听见了银子藏在阴沟里,抢先一步偷走跑了。等到叶广出来又到阴沟里去摸银子时,自然是找不到了。叶广见这事蹊跷,于是就怀疑到全氏头上来,和她闹了起来:"老子半夜里一个人回家,也没有别人跟着,就是我藏银子的时候,也没一个人知道,怎么偏偏就有人能偷了去?天下哪有这样巧的事?肯定是你因为我出去得久了,在家里与人勾搭上了,今天肯定是你们正在这里干好事,听见我叫门,你就偷偷放了他出去,他偷听咱们说话才知道银子在那样一个隐秘的地方藏着,于是就偷了去。你是怎么着都脱不了关系了!"说起来也巧,这叶广猜得居然一点儿都不差。全氏见丈夫怀疑到自己头上,心里虽然怕得不行,可是哪敢承认自己与人通奸,只好再三赌咒发誓说自己绝没有干什么对不起丈夫的事。叶广见她说话时表情慌张,知道自己猜的多半就是实情，哪里肯信？这一闹天也已经亮了，于是叶广就写了个状子，把前前后后写了个明白，扯了全氏去包大人堂下告状。

包公接了状纸，仔细看过了，就把全氏叫上前来审问："你丈夫一出门就是九年，你一个人在家里想必是和人有了奸情了吧？"哪知全氏知道这事事关重大，就是不肯招认，又没有别的证据，没法子，包公便当堂打发叶广回去，又命手下出了个告示，拿到衙门外去张贴，把全氏上了枷锁，押到衙门口，只说要把这个女的由官府卖了好拿银子来偿还给她丈夫。包公又暗地里吩咐，若是有人上来和这个女的搭话，你们不能让他跑了，拿了来堂上老爷要问话。这天衙门口值班的张千、李万忙按包公吩咐把一切安排妥当。

告示张贴了还没半天，吴应就知道了消息，赶紧跑到衙门外来看，见全氏在那里戴着枷锁受罪，就上来和她小声嘀咕，商量着该怎么办。哪知早被张千、李万看在眼里，忙上前把吴应扭住带上大堂来见包大人。包公问吴应："你是什么人，敢来这里生事？"吴应答道："小人名叫吴应，是这个妇人的朋友。因为见她被枷在这里受罪，就来看她，也没什么别的事。"包公见他言语闪烁，眼神里隐约带着点儿恐惧，心里明白他说的不是实话，他们两个的关系看来有些不清不楚，也不发作，只是说："你既然是她朋友，你自己娶了妻子没有？"吴应说："回大人的话，小人家贫，还没有娶妻。"包公说："你既然还没有娶妻，又是她朋友，怎么忍心看她在这里受罪？这样吧！今天老爷我做主，就把这全氏嫁给你，只是还不知道这全氏值多少两银子。"包公就叫过衙门里分管的师爷来估价钱,师爷回话说:"大人,这妇人全氏值得三十两银子。"包公就对吴应说:"这全氏价值三十两银子,不过我这里是官卖,只要你二十两就行了,你赶快去备足了银子来接人。"吴应求告道:"小人家里穷,一时之间没法凑齐这么多银子,还求老爷再让一让吧!"包公说:"你既然出不了二十两,那就拿十五两来算了。"可是吴应还是推说自己贫苦,出不起,包公见他总是推三阻四的,恼了:"谁叫你来看她的?罢了罢了,本老爷可怜你们,你要是连十五两也拿不出来,你就拿十二两银子来吧!"吴应见包公发怒,不敢再说啥,就回家把自己偷来的那十六两银子熔了十二两来交与官府。包公见他交了银子,便暗地里叫叶广来认银子,叶广仔细看了,却不是自己的银子,也不敢冒认,只好回禀包公说:"这银子已经不是我原来的了,我也不敢妄认。"包公便又叫过吴应来说:"吴应,我刚才叫了这妇人全氏的丈夫到这里来领银子,可是他说这全氏生得美貌,只得你这十二两银子心里实在是不甘,一定要你凑足十五两给他,你就去再凑三两来给他吧!银子一清,你就可以领人回去,你现在赶快回去拿银子,不得有误。"吴应没办法,只好又回家去称银子,包公叫了张千、李万来吩咐他们:"你们跟在这吴应后面,看他要把原来的银子熔了的时候,你就说包大人吩咐,银子不论什么成色,只管拿来就行。"张千、李万领了包公的令便跟随吴应而去。到了吴家,正看见吴应要把银子熔了好用,张千、李万就把包公前面吩咐的说了。吴应也没法子,只好拿了银子来见包公。包公见吴应又拿来了银子,就让在那边苦等的叶广过来辨认,叶广上前仔仔细细地看了又看,不禁大哭起来:"这银子正是小人的,不知大人您是从哪里得来的?"包公害怕叶广冒认,冤枉了吴应,就又拿话来试探他:"这银子明明是从官库里取出来的,你怎么敢说假话冒认?"叶广听包公这么说,急得赶紧跪在地下不住地磕头求告:"这银子确实是小人的,大人您若是不信,小人可以报上这几块银子的分量,若是差了一丝一毫,小的愿意听凭大人您处置。"包公一试之下,果然分毫不差,这才认定吴应就是盗银的主犯。于是包公就叫左右押上吴应来当堂对质,吴应见证据确凿,也没什么可分辩的,只好供出自己与全氏通奸在前,偷听两人谈话偷银在后,情愿认罪伏法。

包公便把银子发还给叶广,吴应、全氏也各有惩罚。只是叶广一出门就是九年,也难怪全氏会与人通奸,也有责任在身,包公就又判叶广、全氏仍为夫妻,告诫他们回去安安分分过日子,不可再生事端。包公判得合情合理,当下叶广、全氏拜倒在地磕了头谢过包公,回家去了。

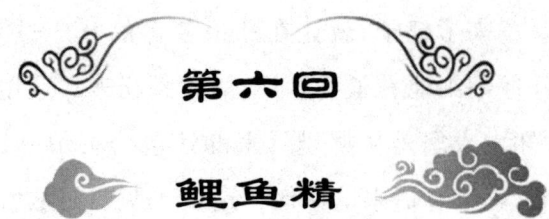

第六回

鲤鱼精

话说扬州城东门外住着一个秀才,姓刘名真字天然。这刘真自幼聪明好学,好读诗书经史。家里父母早亡,只剩自己一个,又没有什么生计,家徒四壁,所以虽然已经老大不小了,也还没有娶上媳妇。不过这刘真倒是有志气,虽然日子清苦,可是他甘受清贫,安心读书,一心一意要求取功名。

宋仁宗皇祐三年,朝廷下旨,开科取士。刘真听说了这个消息,随即收拾行李,赴京参加科考。不料他因为没有钱,一路上走得辛苦,紧赶慢赶也还是耽误了许多时间,等他赶到东京开封府时,科考已经结束了。刘真十分沮丧,感叹道:"我真是福浅命薄,莫非命中注定我与功名无缘?"可是他还是心有不甘,不愿意就这样回去,收拾收拾竟然还有十几贯钱,就到开元寺里赁了一间客房在那里住着,等候下一次科考的机会。

真是光阴似箭,日月如梭,不知不觉地就到了春节。一转眼,又是正月十五,东京城里大闹花灯,热闹非常。这离城三十里处有个水潭,叫碧油潭,水深万丈,水潭里有条千年金丝鲤鱼,已经修炼成精。这鲤鱼精耐不住寂寞,经常变成人形到人间游戏,有时还会变成年轻的女子,迷惑往来的客商。这天,它听见过往的人说东京城里闹花灯,热闹非凡,就跃出潭来,变成一个十七八岁的女子,手里变个灯笼提着,随着人群走入城来,一路去看灯。那些看灯的人们见这女子长得貌若天仙,无不驻足侧目,牵情勾魂。眼看将近五更,看灯会的人群渐渐离去,只留下几盏破败的花灯孤零零地放着。这鲤鱼精看天色即将放亮,怕现了原形,就溜到金丞相府后花园的一个大水池里,隐匿了形迹躲藏起来。过了元宵节,这鲤鱼精贪恋世间繁华,还是躲在水池里藏着,不想再回自己那阴冷寂寞的碧油潭。金丞相有个女儿叫金线,有一天,这金线小姐由丫鬟陪着到后花园饮酒赏花,看见东边花架上有一簇盛开的红白色牡丹,十分可爱,就让丫鬟去折下一朵来,拿来在手里赏玩。这金小姐倚着栏杆正在瞧那水中的金鱼,忽然她看到水池里有一条金色大鲤鱼,扬须鼓腮,在水面上游来游去。金小姐斟了一杯酒,倒入水池中,只见那金鲤鱼似乎通人性,跃出水面,不等那酒落在水里,一口就将酒吞了下去。金小姐一见,更加喜欢,倚着栏杆又看了许久,才依依不舍地离去。鲤鱼精知道这小姐喜爱牡丹,就每夜往花上吐她那妖气,让牡丹开得更加鲜艳,引得金小姐天天来折花欣赏。

金线赏花戏鲤鱼

春天将尽,初夏又到。刘秀才一直在僧舍里用心读书,可是行囊里所剩的银两已经不多,同科来京赶考的朋友也都已经回乡去了,连借都无处可借。刘真看就要断粮了,自己又不能喝西北风去,得想点儿法子挣些钱来,可是自己手无缚鸡之力,又不会啥手艺,只能靠这手中的笔杆子了,好在这刘秀才当初仔细练过几年书法,就精心写了几幅草书,拿到官宦之家去卖。这天,刘秀才拿了几幅字,来到金丞相府前,刚好碰上金丞相从外面访友回来,见刘秀才手里拿着几幅字,就让家人拿过来看,只见那字当真是龙飞凤舞,好不漂亮!金丞相看后连连称赞,爱不释手,就把这刘秀才让到堂上,询问他的籍贯来由,刘真见丞相问起,就一一如实禀告了,只说自己为赶考,缺少盘缠,只好在京里耽搁。金丞相见他长得一表人才,写得一手好字,又考较了一番他的学问,也是非常了得,心里喜欢他,就把他留在府里,教府里几个半大小子读书写字。金丞相问明了他在开元寺住着,就叫家人去把他的行李搬来了,安排他在后花园东轩旁住下了。刘真得到金丞相提携,自此以后再也不用为衣食忧愁,每日里教完了课,仍然手不释卷,刻苦用功,只求日后考取功名,也好报这金丞相知遇之恩。金丞相见他如此用功,心里更加喜欢,就把自己的往来书札表章全都请他来执笔,把他当作个心腹来看待。

有一天,这刘真偶然来到后花园里散步,恰好金小姐与几个丫鬟正在赏花。因为男女有别,刘秀才不敢上前,只是远远地看了一眼。哪知这刘真虽然只瞥了金小姐一眼,心里面就放不下她了,自言自语:"早就听说金丞相有个女儿叫金线,长得十分美貌,今天一见,果然名不虚传。我刘真将来要是能得着功名,一定要娶个像她这样的妙人儿为妻。"说完,自觉语失,四下看看,幸好没人。刘真怕自己再瞧下去乱了心神,赶紧回到自己的住处,打书架上抽出一卷杜甫的诗,反复歌咏,好驱散自己心中的欲念。常言说得好:欲心一动,邪便袭之!这鲤鱼精正想迷惑一个俊雅男子,可是一直没找到合适的,她见这刘真相貌英俊,正是个风流倜傥的公子哥儿,就想打他的主意。这天晚上二更时,这鲤鱼精听见刘真还在读书,就摇身一变,变做金线小姐的模样,来到刘真的住处,轻轻来敲他这窗户。刘真听见有人敲窗,便问了一句:"是哪个?"却不见有人答话。刘真见这事蹊跷,便放下书,开窗一看,窗下站着的居然就是自己喜欢的金线小姐,十分惊讶。这鲤鱼精说:"秀才不必吃惊,我去向爹娘请安,他们已经睡去了,转到这儿时听到秀才你的读书声,知道你还没歇息,所以特来请教。"刘真听了,心里高兴,忙请假小姐进屋,让座倒茶。两个人就这样坐了,一起谈论诗词歌赋,经史子集,越谈兴致越高。不觉就到了后半夜,这小姐还是丝毫没有告辞的意思,刘秀才是个老实人,见这不是个事,要是有风言风语传出去,岂不坏了小姐的名节,便拿话来点她:"小姐,这夜已深了,请回去歇息吧!"这妖怪见刘秀才要赶自己,反而凑上来笑道:"我知道公子你在外面待得久了,一直也没个伴儿,今夜就由我来陪你吧!你要是不依,看我不去和我爹爹说,就说你轻薄我,到时候让你吃不了兜着走!"刘真见金线小姐竟然和自己撒泼,心里害怕,可是自己确实喜欢小姐,心里不禁痒痒,那妖精又上来一番甜言蜜语,这刘真哪能把持得住,早就魂不守舍了。于是这晚刘真就和这假小姐同床共枕做了露水夫妻。天快亮的时候，这妖精先起了床，和刘真说："今天晚上我再来陪公子你。"说完就走了。从此以后，这妖精每夜都变成金线小姐模样到刘真房里，两个人卿卿我我，情意绵绵。这妖精每次来都带着好酒好菜和刘真一起享用，有金线小姐这样的大美人儿相伴，还可以品尝美味佳肴，刘真这日子过得真像神仙似的，每日里高兴得不得了。

有一天晚上，这假小姐又带来酒菜，两个人把盏对饮。这鲤鱼精有心要和刘秀才做对光明正大的夫妻，再也不过这样偷偷摸摸的日子，就和刘真说："你住在这里虽然好，只是时间长了，天下没有不透风的墙，咱们的私情少不了会让人发觉，到时候大家脸面上都不好看。不如我回去收拾收拾我的私房钱，跟你回扬州老家去，做个长久夫妻，岂不是美？"刘真说："如果丞相追究起来，我这拐带的罪名怎么承担得起？"假小姐说："你不用怕，我母亲最疼爱我了，她凡事都依我，到时候我让她向爹爹求情，让你迎娶我。你我都还没有和别人谈婚论嫁，年龄也都合适，我爹爹又喜欢你，多半他也会同意。"刘真听罢，觉得言之有理。他也怕时间长了，生出什么事端来，于是俩人约定，十四日夜里便动身。到了那天晚上，刘真在码头上雇了船只，假小姐收拾了一些衣服细软，趁着夜色悄悄地溜出丞相府，两人坐船直奔扬州而去。第二天，金丞相发觉刘真不辞而别，问府里的人，也都说不知道，府里也没发现啥不对的，也就由他去了。

自从那鲤鱼精跟刘真走后，那簇牡丹花就日渐凋零，不久就枯死了。金线小姐见那牡丹枯死了，非常伤心。整日郁郁寡欢，愁眉不展，日子久了，竟生起病来。金丞相见爱女病恹恹的,身子日渐消瘦,心疼女儿,请了京城里最好的医生来给她调治,可是怎么也治不好。这丞相夫人见求医无用,知道小姐这八成是心病,就问小姐:"女儿啊!你有什么心事说给娘听,娘给你想法子。"金线小姐这才说出是因为自己最喜爱的牡丹枯死了,所以伤怀。丞相夫人就把这事儿和金丞相说了。金丞相一听是要牡丹,就说:"这可难了,现在牡丹正是凋谢的时候,不过听说扬州有人最擅长养花,能让牡丹四季开放,看来只能去那里想想法子了。"这金丞相爱女心切,就吩咐家人金宝立即启程去扬州买花。金丞相吩咐说:"不管是谁家的花,不论他价钱贵贱,一定要买回来见我,买不到花你也就别回来见我!"金宝不敢怠慢,就带足了银两,快马加鞭赶赴扬州去了。

这金宝一路风尘仆仆终于赶到了扬州,在城里四处查访,大家都说,这牡丹如今只有东角门外刘秀才家才有,却也没说这刘秀才就是刘真。金宝听说有牡丹花,心想自己总算可以回去交差了,就赶紧找到刘秀才家要买花。这天刘秀才恰好出门了,屋里有个女人问道:"外面来的客人是谁?"金宝一听,这声音怎么这么耳熟呢?就自言自语道:"这女人的声音怎么这么像我家小姐?"等那女人走出来,金宝一见,吃惊不小,眼前这不就是金线小姐吗?心想:这可奇了!天下怎么会有长得这样相似的人?他哪知道这妖精最会变化,变起来时当真是一点儿不差。这时刘真也打外面回来了,金宝认出这刘秀才正是那个不辞而别的刘真。刘真也认出了金宝,俩人见竟然在这里遇着了,都吃惊得半晌说不出话来。

刘真问金宝来这儿干什么,他还怕这金宝是来追查小姐行踪呢？这金宝把金线小姐想牡丹想得生了病，金丞相特地派了自己来扬州买牡丹花的事说了。刘真听了，笑道："金线小姐跟我来扬州已经半年了，府里怎么又来了个金线小姐？"金宝一听，有如坠入云里雾里，根本不知道他在说什么，怎么有两个小姐了？金宝觉着这事事关重大，就派了个人连夜启程回京，去向老爷禀告这奇事。金丞相一听，这刘秀才家也有一个金线？这小姐不是正在闺房里病着吗，哪里肯信？就写了一道公文，派差役去扬州请那小姐回来。这假小姐见丞相派人来请，竟然也不推辞，十分痛快地和刘真一起随差役来到东京。等到进了丞相府，金丞相一看，来者的确和小姐是一模一样。他还以为是自己老眼昏花了，揉了揉眼睛凑上前去又仔细看一遍，竟分毫不差，只惊得目瞪口呆。这时丞相夫人刚从小姐闺房探了病出来，见这里又站着个小姐，也给吓个不轻，说："女儿在房里病得卧在床上，怎么这么一会儿工夫就好端端地站在这儿呢？"金丞相就问刘真这到底是怎么回事。刘真也不敢隐瞒，就把以前的事儿都老老实实地说了。金丞相说："你一定是被妖怪给迷住了。"就吩咐备轿去开封府拜见包拯包大人，把这事儿和包公说了，请他来判定哪个是妖精，哪个是金线小姐。包公听说竟有这等奇事，就派张龙去把刘真和两位小姐都带到堂上，一看，两个人果然长得一般无二，难辨真假。包公见看不出来，就命张龙从后堂取出一面相传是当初轩辕黄帝铸造的照妖宝镜，要拿这宝镜来照这两位小姐。这宝镜一拿上来，那妖精看势头不对，就使起妖术来，顿时这大堂上黑气弥漫，一时遮天蔽日，又听一声巨响，黑气四散。人们再看时，堂上的真假小姐都不见了。金丞相与包公不禁愕然,众人也都大惊失色。包公说:"丞相请暂且回府,让包某查查,用不上几天一定查出这金线小姐的下落。"金丞相知道包公向来说一是一说二是二,自己这女儿肯定能给找回来,就道了谢,回府去了。

第二天,包公命手下在城里张贴榜文:有知道妖精、金线小姐下落者,速速来报,赏钱五十贯。因为这是妖精作怪,包公便来到城隍庙,烧香祈祷,请那城隍帮忙查查是什么妖怪作乱。这城隍见是包公来求,不敢怠慢,忙派了手下小鬼四处去查,很快就查出这是碧油潭里千年金丝鲤鱼精作怪。城隍见这是水里的妖精,就给龙王送了信,请龙王发兵捉拿。龙王见是包公办案,知道事关重大,哪敢马虎?就传令五湖四海,各处虾兵蟹将一起来捉拿这千年金丝鲤鱼精。各路水族神兵接到龙王命令,就在江河湖海里四处搜捕捉拿,这妖精无处藏身,没法子,只好出来和那些虾兵蟹将打起来,不想这妖精已经修炼千年,真是神通广大,居然把这些水族神兵打得丢盔卸甲。龙王没法子,只好上天庭去请玉帝派些天兵天将去抓这鲤鱼精,玉帝就派了巨灵神带着一队天兵来捉拿妖精。龙王下令关闭四角海门,好关门打狗,巨灵神这帮天兵天将把这妖精追得无路可逃,这妖精眼看势头不对,就发个狠,一个打挺,跃过龙门,竟然窜进南海去了。

东京城里有个郑老头,为人善良,平日里最好积德行善。这郑老头家里挂着一幅观世音菩萨的画像,每日里烧香敬奉,从不怠慢。一天夜里,郑老头做了一个梦,梦里恍恍惚惚听见有人说:"你明天到河边来,领我去见包公,好让你得着些赏钱。"说完郑老头就醒了,依稀还记得梦里人对自己说的,第二天,他就来到河边,果然看见一位中年妇人,手里拎着一个竹篮,正站在杨柳树下等他。郑老头走上前去见了,这妇人说:"这碧油潭里的金丝鲤鱼精被天兵天将追得无处躲藏,昨天竟窜进南海里去了,藏在那琼蕊莲叶下面,让我哄进篮子里罩住了,她已经逃不掉了。那包公贴出告示,说有知道这妖精下落的,赏钱五十贯。你可引我去见包公,包公判了案子,得了赏钱都归你。"郑老头一听,十分高兴,就领着那妇人来到开封府见包大人。

这时包公正与金丞相在大堂上讨论此事,差役报告有人求见,口口声声说知道那妖精下落。包公见有信儿了,忙令传两人上堂问话。郑老头就把那妇人说的又讲了一遍,包公大喜道:"是这个妖怪了。"包公就让那妇人把篮子放在堂上,自己来审问鲤鱼精,那鲤鱼精已经被降伏,在篮子里动弹不得,只得招供了自己变成金线小姐模样,迷惑刘秀才的经过,并供出金线小姐被自己困在那碧油潭边山洞里。包公听后,马上派差役去解救那金线小姐。包公恨这妖精变化害人,就要把这金丝鲤鱼精煮了吃掉。那妇人说:"包大人不可如此,这金丝鲤鱼精也修炼了千年,是吸收了天地间灵气才能如此变化,就是煮了,它也是死不了的,还是交给我来处置吧!"包公见她竟能收服妖精,知道她必定不是凡人,就应允了,让差役取来五十贯钱,赏给那妇人。这妇人出了开封府衙,就把钱给了郑老头,说:"你诚心敬奉我三年,这些钱就算是我谢你了。"说完,就化作一阵清风不见了。郑老头这才醒悟,原来这是观世音菩萨显灵啊!就朝天拜了几拜,回到家里,立刻请来了一位画师,重新又画了一幅观世音像,手里提着鱼篮,画好后，又请人精心裱糊了挂在屋里，更加虔诚地敬奉。这事儿很快就传开了，东京城里的人都效仿郑老头，绘制观世音提篮像，敬奉礼拜，这就是现在流传的鱼篮观音像的来历。

再说这边差役们去碧油潭边上的山洞里救出了金线小姐，赶紧抬到开封府大堂上。众人一看，那金线小姐双目紧闭，手脚冰冷，没了呼吸，已经死去多时了，只是心口处还稍微有点儿温乎劲儿。包公赶忙请了郎中过来诊治，看了都说这不是吃药的事儿，得找来一个和这金线小姐有缘之人，让他用气吹拂，才能把小姐救醒。金丞相听罢，十分为难，自己这女儿还未曾许配人家，也没听说她有意中人，上哪儿去找这么个人呢？这时包公猛然省悟，对金丞相道："说起来的话这金线小姐与刘秀才也算有缘，老夫今天就为他们做媒，成全他俩的姻缘。"金丞相见别无良策，也只好同意了。包公就喊过刘真来，让他用气去吹拂小姐，不大一会儿，这金线小姐果然苏醒过来了。众人见状，都说两人前世有缘，该在一起的。包公也非常高兴，就把他们送回了丞相府。这天晚上，金丞相就给刘真和金线小姐举行了婚事，请了包公过去主婚，刘秀才见自己终于得偿所愿，娶了金线小姐为妻，非常高兴，也很感激包公的恩德。第二年，这刘秀才又去参加科考，结果一考就中了，后来就在朝廷里做大官，和那金线小姐也非常恩爱，一直白头到老。后来人们就一直传说这个故事，都说这事实在是奇，包公断案断得实在是好！

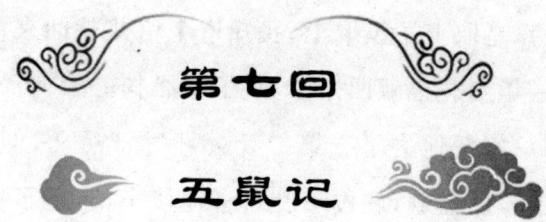

第七回

五鼠记

　　这清河县离城十五里的地方，有一个名叫施俊的秀才，祖上也是做官的出身，只是到他这一辈上已经没落了。他娶了城里何大户家的小姐何赛花为妻，这何氏长得是花容月貌，十分美丽，又做得一手好针线活儿，服侍丈夫十分用心。这何家家财万贯，有的是银子田地，只是膝下无子，只有这何赛花一个闺女，所以疼爱得不得了，自打女儿嫁给施秀才以后，这何大户夫妇就怕女儿受了委屈，所以这女婿家的日常花销，全都由老丈人家供给。施秀才不再为衣食担心，这才能每日里安心读书，要求取功名。

　　这一天，施俊得知东京城里开科取士，就要辞别了何氏，上京赶考去，那何氏不想丈夫出远门留下自己一个在家独守空房，就和他说："荣枯有命，富贵在天。咱家里别无亲人，夫君要是去了，我在家里还靠谁去？如果命里该着咱中进士，就是来年再考也不迟。"施秀才见妻子不愿意，就说："我寒窗苦读十年，就为的是前去赶考，好叫一朝成名天下知，怎能错过这机会？再者说，我明天去拜见岳父大人，他老人家知道我去赶考，少不了会派人来陪你的。我也不在外面久待，考完放了榜,是取上了没取上,我知道个信儿就回来,至多在外面待个一年半载也就回来了,娘子不必挂心。"何氏见自己劝不住,就只好任他去了。第二天去拜过了岳父,何员外给了他十两银子做盘缠,施俊不胜欢喜地接了,告辞了家里人,便带着书童小二赶奔东京城而来。两个人晓行夜宿,饥餐渴饮,也无心欣赏大好春光,只是忙着赶路。一天,这主仆二人来到一座山前,他们看看天色已晚,就要找个客店投宿,好养足了精神,明天翻山。

这座山绵延能有六百多里,林幽谷深,崖石嵯峨,大山里人迹罕至,常会出些精灵古怪。不久前,西天走下五只老鼠精,就在这一带山里藏匿作怪。这五鼠在西天佛祖跟前听了许多佛经,又经常去偷那佛祖的琉璃宝灯里的清油来吃,所以道行很高,神通广大,变化多端,往来莫测。他们五个就按法力大小排定了座次,分别叫鼠老大、鼠老二、鼠老三、鼠老四、鼠老五,把这山里悬崖峭壁上一处常人绝难到的大岩洞作为自己的巢穴。他们几个有时变成老人模样,来骗取过往客商的财物,有时化成漂亮女子,迷惑年轻公子,有时又变成俊俏男子,迷惑富家大户的女子。

这几天,这鼠老五在洞里难耐寂寞,就变成一个店主人模样,在山前开了一家客店,招待过客,伺机下手。正好施俊主仆二人要寻找客店,这鼠老五见施俊生得眉清目秀,举止文雅,是个读书人模样,就热情地把他们让到自己店里,安排他们住下了。鼠老五就问他们打哪里来,这是要干吗去。施俊是个老实人,就说明了自己要去东京赶考,鼠老五听了,心里暗喜。这天晚上鼠老五就置备下一桌好酒好菜来款待施俊,和他把盏对饮。他们两个一边饮酒一边谈古论今,施俊越谈头上越冒汗,为什么呢?这鼠老五古今经史无所不知,对答如流,而且见识也远在自己之上,施俊心里不禁暗暗吃惊:这一个荒山野岭的店家,怎么会如此博学多才?我好歹也苦读了十年经史,看他年纪和我也差不多,可是这学问比起我来可真是一个天上,一个地下了,就有些自惭形秽。这施俊心里带了敬意,就问:"店家也做过学问?"鼠老五笑笑说:"不瞒秀才说,三年前我也曾进京去赶考,怎奈时运不济,名落孙山。看来是我和这功名没缘,也就心灰意冷了,不再读书,在这里开了这家客店,勉强度日。"施俊听了,很为他可惜,把十年寒窗苦,只为一朝成名天下知,况且他这样的好学问,正该出去应试,得了功名,也好为国家出力,为百姓分忧。不知不觉间,两个人就喝到深夜,施俊就有点儿喝多了,已经有些迷糊,这鼠老五看有机可乘,就偷偷呵了一口毒气在施秀才的酒杯里,亲自捧了敬施秀才,说:"兄台再饮一杯。"施俊拿过去就喝了,一喝下去,就感觉脑袋有些迷糊,摇摇晃晃站立不稳,栽倒在地下。

　　一直在旁边伺候的小二见主人倒在地下,只当他是喝多了,赶忙扶起他进客房里歇息。这施秀才躺在床上,只觉得肚里有如翻江倒海一般,疼痛难忍,在床上直打滚。小二一见,十分惊慌,想要找个医生来看,可是这荒山野岭,前不着村后不着店的,上哪儿找去?小二没法子,只好找店主讨碗热水灌下去,这施秀才才稍稍好些,慢慢睡去了,就这么一直挨到天明。等到天亮了，施秀才和小二醒时，却发觉自己躺在路边一截枯木上，哪是在什么客店？那店主已不知去向了。没法子，小二扶着施俊跌跌撞撞地朝前走了几里路，才见到人家，打那房子里出来个头发花白的老太太，小二上前去说了自家主人得病的缘由，问这附近可有医生，那老太太一听，就说："你家相公哪里是生病了，你们是遇上妖怪，让那妖怪给下了毒了。"小二就问这话怎么说，老太太说："你们是远来的客人，不知道，这山里最近出了妖怪了！不时地出来迷惑往来的客商，昨天你们投的那家店主人多半就是妖怪变的，他法力无边，你主人的酒里叫他给投了毒了，得赶快想法子救，否则，这性命就没了。"小二听了，大惊失色，就求这老太太说怎么个救治法，她说："唉！他用的毒奇得很，我也没法子治，除非是到芽山去求董真人，他有百炼的仙丹，能除百毒，叫你家主人吃了，就有救了。"小二听见有救，赶忙又问："这芽山离这儿有多远？"老太太说："你们要是走得快的话，一天就走到了，你们快去，晚了董真人也没法子了。快去！快去！"施俊听说这毒如此厉害，心里害怕，就叫小二打行囊里取出五两银子谢了这老太太，赶忙出发找董真人去了。

再说这鼠老五毒倒了施俊以后，就趁他们主仆二人熟睡时收了法术，踏起一阵风，按施俊说的地方，直奔清河县而来，待到了施秀才家门外，已是天明时分，他使起法术，摇身一变，变成施俊的模样，进了家里。这时施俊的妻子何氏正在房里梳妆打扮，听说丈夫回来了，连忙出来看，果然是施俊。何氏见丈夫回来了，心里高兴，就笑容可掬地问道："你

这才离家二十多天,怎么就回来了?"鼠老五就编个瞎话说:
"我们快走到东京时,碰到几个赶考的秀才回来,说是科考已
经结束了,秀才们早就散了,我一听今年是没戏了,就没有进
城,直接回来了。"何氏见只回来他一个,不见书童小二,就问
道:"小二怎么不回来?"假施俊说:"小二走得慢,我等不及,
就叫他带着行李跟我朋友慢慢回来,他应该随后就到了。"何
氏信了,就去做了早饭和妖怪一起吃了。亲戚朋友听说施俊
回来,也都过来看他,这妖怪也没露出马脚。于是,这妖怪就
与何氏天天厮守,过起了快活日子,那真正的施俊此时却在
外受苦。这施俊主仆二人因为路不熟,所以过了半个月,才
走到芽山,找到了董真人,这中间施秀才受的苦就不用提了。
董真人听他们说了前情,就打自己那宝葫芦里取出三丸百炼
仙丹,让他每天午时用酒调了服下,才吃下一丸,施俊就觉着
好了不少,到得第三天,他吐出了一摊黑污,竟然就好了,千
恩万谢拜过了董真人,这才下山来。本来这施俊还想再上京
去赶考,哪知遇到几个从东京城回来的秀才,说科考早就结
束了,原来自己这在外耽搁了许久竟把科考也错过了,施俊
恼个不停,也没法子,只好和小二收拾收拾回家来。

　这时正是麦熟时节,天气酷热难当,施俊两人只好慢慢
往家赶,一直走了有二十多天,才回到家。小二担着行李先
进门,这妖怪正和何氏在后厅喝酒,听说小二回来了,何氏就
出来看:"你怎么走得这么慢?"小二擦着头上的汗说:"夫人
别提了,主人的性命险些就不保了。"何氏问:"你说哪个主
人?"小二说:"和我一起进京赶考的,还能是哪个主人?"何氏

笑道:"你说什么胡话? 你在路上偷懒,主人二十天前就已经回来了。"小二惊讶地说:"夫人说哪里话? 主人和我白天同行,夜里同睡,寸步不离,正在后面马上就到,你怎么说他已经先回来了?"何氏听了,疑惑不解。这时,真的施俊走进门来,何氏见了,大吃一惊。施俊回想起这次的遭遇,想到自己差点儿就丢了性命,再也见不到妻子,有感而发,就上前一把抱住何氏,大哭起来。这施俊正在和何氏说自己路上被那妖怪下了毒的种种经历,那妖怪在后面早听见了,好妖怪,真施俊回来竟然也丝毫不惧,走出厅来,大喝道:"你是谁? 胆敢调戏我老婆?"施俊见有人竟敢冒名顶替,住在自己家里,当即怒气冲天,上前质问这假施俊。妖怪也不甘示弱,上来便和施俊厮打起来。假施俊毕竟是妖怪,真施俊只是肉眼凡胎,自然不是他的对手,就给赶出门外去了。邻居们听见吵闹之声,都过来看,见竟有两个施相公,都很惊奇。施俊无奈,只得去投奔岳父,说了自己的经历。岳父见竟有妖怪闹到自己女婿家了,又惊又忧,自己也不会降妖除魔,更保不准这眼前的是不是真女婿,就让他写个状子告到王丞相府。

王丞相看了状子,见天下竟有这等奇事,十分惊异,就吩咐差役们去带那妖怪和何氏来堂下问话。不多时,这假施俊与何氏被差役带到堂下跪着。王丞相一看,果然是两个施俊,一点儿都不差。大堂上的人看了都说:那包拯包大人最会断这样妖怪作乱的案子,可惜包大人如今上边关犒赏三军去了,一直没回来,这可怎么办才好? 王丞相把何氏叫到一边审问,何氏把事情前前后后说了一遍。王丞相问她:"你知道你丈夫身上有什么特别之处没有?"何氏想了想说:"我丈夫右臂上有一块黑痣。"王丞相先把假施俊叫过来,令其脱去上身衣服,王丞相一看右臂上没长黑痣,心想:这个是妖精。再叫真施俊过来查验,右臂有黑痣。王丞相叫真施俊跪在左边,假施俊跪在右边,叫两个差役取来枷锁,对他们说:"你们上去查验一下,右臂上有黑痣的是施俊,没有的就是妖怪,把它用枷锁锁起来。"等到差役上前查验时,却只见两人右臂上都有黑痣,根本没法认出真假,原来这鼠老五神通广大,已经知道王丞相的主意,现变了个黑痣在右臂上。王丞相惊异道:"真是奇怪了,刚才还只一个有黑痣,这么一会儿怎么两个都有了?"没法子处理,只好吩咐差役们把两个都押进监牢,等明日再审。

这妖怪在狱里,坐卧不安,怕查出真相来自己走不脱,就做起法术,给另外四只老鼠精报信。那四只老鼠精知道老五身陷大牢,急忙商议来救,就让老四赶快去救五弟回来。这鼠老四腾云驾雾,顷刻间来到丞相府,第二天一大早,就变成王丞相模样,早早坐在大堂上,命差役把两个施俊都提出来审问,把那真的打了几十大板,这施俊平白受屈,喊冤不止,妖精却在一边窃笑。这前面大堂上吵吵闹闹,早惊动了后堂真丞相,待这真的王丞相来到前面,见一个自己坐在那里,正在耀武扬威,大吃一惊,就吩咐差役们把这假丞相赶快拿下。这假丞相也不示弱,命差役来拿这真丞相。这公堂上顿时乱作一团,差役们辨不清谁真谁假,哪敢动手?两个丞相互相指责对方是妖精,争执不下,差役们都看呆了。这时有个老官儿经得事情多些,有点儿见识,就上来说:"两个丞相既然难辨真假,只是在这里争也是徒劳。不如这就上殿去见皇上,请皇上辨别。"王丞相觉着这主意不差,就扭着那妖精,入朝来参见仁宗皇帝。

两个人来到大殿外候着,让那管事儿的赶紧上殿去启奏,就说有妖精变成王丞相模样,大闹公堂,要请皇上辨明。仁宗皇帝听说这青天白日,朗朗乾坤,竟然有妖精在京城里作怪,还变作朝廷重臣模样,赶忙宣他们两个上殿。等两个丞相都上了殿,这鼠老四怕仁宗皇帝看出破绽,就作个法术,喷出一口气,皇上顿时感到两眼朦胧,模模糊糊什么也看不清楚。仁宗皇帝无法辨认,只好下令将两个丞相一齐押进天牢,等到夜里北斗升起时,再来判断谁真谁假。原来这仁宗皇帝乃是赤脚大仙转世,每到半夜时,便能开天眼,甚至能看到天宫里的情景,到时不怕妖精作怪,定能看个清清楚楚。

那妖精在天牢里,心虚胆怯,害怕让仁宗皇帝看破,就做起法来,给三位哥哥报信。那三个老鼠精得知这老四也进了牢里,急忙让老三来搭救他们两个。那鼠老三也是神通广大,来到金銮宝殿,摇身变成仁宗皇帝模样,还没到五更,就端坐在宝座上,宣百官早朝议事。这时真皇上又走进大殿,文武百官见居然来了两个皇上,吓了一跳,都说:"这朝堂上啥时候见过这等怪事啊!"两个皇上在大殿上互相指责,眼看局势已经失控,这里面就有老成持重的大臣赶忙到后宫向皇太后禀明了此事。

太后听说冒出俩皇上来,大惊失色,赶忙吩咐起驾往金銮殿上来,一看,两个皇上果然是一丝不差。皇太后略一思索,暗地叫过大将军来说:"你去看看,真皇上左手有'山河'纹样,右手有'社稷'纹样,哪个没有,就是妖怪变的假的。"大将军赶忙过去一看,果然只有一个手上有字,一个没有,皇太后便命人拿住了假皇上押进天牢。

那鼠老三在天牢里害怕起来,就也做起法来,给大哥二哥报信。鼠老大说:"老五也太不知道深浅了,闹出了这么大的乱子,现在把当今皇上也给牵扯进来了,我当初在佛祖跟前听说这皇上是赤脚大仙下凡,能是好惹的吗?现在可如何是好?"鼠老二说:"现在事情已经到了这一步,再去埋怨他们也没用,只好我去救他们回来。"鼠老二卷起一阵旋风,转眼来到皇宫里,摇身变作皇太后,当仁不让地在大殿龙椅上坐了,传旨要把天牢里抓着的妖精全都放了。这时后宫又传出旨,说皇太后吩咐了,这天牢里的妖怪神通广大,不可再放了出去为祸人间。这时文武百官见冒出两个皇太后来,一个要放,一个要关,也分不清哪个是真太后,左右为难,无所适从,只好去报奏皇上。

仁宗皇帝听说又冒出个假太后,只好亲自去辨认,可是这鼠老二法力高强,就连皇上都分不出哪个是真哪个是假,为着这假太后的事,把这仁宗皇帝折腾得真是寝食难安。众大臣奏道:"皇上,这斩妖除魔包大人是最拿手了,请陛下下旨,派人去边关,召包拯回朝断案。"仁宗皇帝想包公肯定有法子,就亲自写了诏书,让使臣火速赶往边关。包公接了圣旨,见朝里出了妖怪作乱,不敢怠慢,就立即启程赶回东京。包公入朝拜见仁宗皇帝,皇上请包公到偏殿里君臣坐下,把这妖精作怪的事情说了。包公问明了情况,就拜奏道:"陛下不要忧愁,如今是太平盛世,不是这等妖物得势的时候,请皇上给臣几天时间,我一定把这案子审个明白。"仁宗皇帝大喜,亲手赐了御酒金花给包公,以示勉励。

包公谢了皇上恩典,就回开封府去,在大堂两侧排列了二十四个威风凛凛的衙役,口中齐声呼喝着"威武……"好不庄严!堂下摆放着各式刑具,叫人看得心惊胆战。包公在公案后面坐了,吩咐带人犯上来,就打牢里押出了两个王丞相、两个施秀才、一个皇太后、一个仁宗皇帝。包公一见,笑道:"这里面丞相和施俊不知道哪个是真的,不过这皇太后和皇上必定是假的无疑了。你们先把他们都关在牢里好好看守,待我明天去城隍庙上香,好问个明白。"这下四个老鼠精都被关在牢里,面面相觑:"这包黑子说明天要去问城隍,那到时候岂不就知道了我们是妖精吗?这事要坏,赶快让大哥来救咱们。"他们四个就一起做起法来。正好那鼠老大见四个兄弟先后去了都没有音信,心里担忧,就来东京城打探消息,听说这案子如今是包大人在审理,他就嘿嘿一笑:"听说这包大人神通广大,我就来变作你的模样,看你怎么判。"就显个神通,变成包大人的模样,也穿着蟒袍,带着乌纱,趾高气扬地走上开封府大堂来,坐在公案后面,就要下令放那四个妖精。恰好这包公去城隍庙进香回来,忽然听差役来报说大堂上还坐着一个包公,包公笑道:"不知死活的东西,竟然如此猖狂!"就径直上堂,让差役们把公案后面那假包公给拿下。那妖怪也不惧包公,居然走下来喝令差役们来拿包公。众差役见出来两个包大人，哪能分清？谁也不敢乱动。包公见这妖怪如此可恶，不由得怒从心头起，就吩咐差役："你们把府门守紧了，不许泄露半点儿消息，等我出来再做理会。"众差役就把府门紧闭，包公进后堂去了，那假的还在堂上吆三喝四，但是大家也不知他是真是假，也就不去理他。

包公回到后堂，见了李夫人说："这妖怪法力高强，实在是难以分辨，我要上告到玉帝那里，为天下除掉这场祸患。一会儿我就上床睡去，假死过去，你拿被子把我盖上，不要管我，至多两天我自然就还魂回来了。"李夫人听他说得悬乎，害怕自己夫君这一去之后，长眠不醒，就不同意。包公说："你不必担心，我阳数未尽，不该这么早死的，哪有不醒过来的道理？你只管照做就是。"李夫人见包公说得坚决，也就同意了。包公取过衣领边上涂的孔雀血，舔了几口，那孔雀血是剧毒之物，包公便死过去了。

只见这包公的魂魄离了躯壳，便翩然飘向九霄云外，来到南天门外。这包公是天上的文曲星下凡，位列仙班的，这南天门值守的巨灵神见文曲星上界，赶忙引着他来见玉帝。包公向玉帝禀明了下界妖怪为祸的事，求玉帝捉拿妖怪，为民间除害。玉帝听了，就命千里眼和顺风耳去看是何妖怪在人间为恶。那千里眼和顺风耳赶忙到天井去看，看清了回来禀告："是西天雷音寺佛祖跟前的五只老鼠精窜入凡间作怪。"玉帝就命令天兵天将下凡去捉拿妖精。那边闪出太白金星奏道："那五鼠颇有灵性，天兵收服不了他们，要是追得紧，这五鼠必定窜进海里，到时候为害更甚。除非是雷音寺佛祖殿前宝盖笼里养的一只玉面猫,才能收服这五鼠。要能把这玉面猫借来,就能消灭此怪,胜过十万天兵天将。"自打上次那孙猴子打上天庭,大闹天宫后,托塔天王这帮子天兵天将是越来越没出息了,最怕的就是打打杀杀,就都上前说太白金星奏的不差。这玉帝也怕损了自己的天兵天将,就准了太白金星之奏,派了天使去雷音寺找佛祖借玉面猫。

　　天使带着玉帝的书信来到雷音寺,拜见了佛祖。佛祖看了书信,就与众位徒弟商议。有那扫地神僧上来奏道:"佛祖殿上离不开这玉面猫,殿上供的经卷很多,得留着它防老鼠。假如把它借出去,这些老鼠少不得啃咬佛经。"世尊道:"可是玉帝来求,怎好不给他面子?"扫地神僧说:"可将金睛狮子借给他,玉帝若是问起,就说要留这猫守护经卷,想来玉帝也不会怪罪。"佛祖准了,就叫把金睛狮子交给天使带回去。天使回到天庭,奉上这金睛狮子,太白金星却认得,说:"这不是玉面猫,是金睛狮子,它奈何鼠精不得,只不过枉费功夫。文曲星为救东京大难,才来求玉帝。望玉帝怜他一片苦心,叫佛祖取玉面猫给他。"玉帝见佛祖也来哄自己,心里好生不快,就派天使与包公一起去雷音寺走一趟,求佛祖借玉面猫来。

　　包公来西天参见了佛祖,说了五鼠在下界作乱,为害不小,求佛祖以慈悲为怀,借给自己玉面猫好救下界苍生。佛祖仍不肯,这时旁边闪过大乘罗汉说:"文曲星也是为了百姓的生计,千辛万苦才来到这儿,我佛慈悲,应以救民于水火为本,就把玉面猫借给他吧!"佛祖听了,想想这五鼠是打自己这里走脱了,才能到下界作乱,若是这刚正不阿的文曲星问起来,自己脸面上也不好看,自己刚又被人识破借假猫给他,早就羞了个大红脸,想想没法子再推托,就只好同意了。佛祖喊过看守宝盖笼的小和尚,取了玉面猫出来,然后念起佛咒来,把猫身变小了,交给包公。包公把那猫藏在衣袖里,佛祖给了他一条佛咒,又教了包公捉鼠之法。包公拜别了世尊,就与天使一起回去见玉帝。玉帝见借来了玉面猫,非常高兴,就命太乙天尊拿杨柳枝沾了玉净瓶里的神水给包公喝,那孔雀血的毒立刻就解了,包公谢过玉帝及众位天神,就由天使陪着出了凌霄宝殿,天使一直把包公送出南天门去。

出了南天门,包公就醒过来了,掐指一算,自己已经死了有五天了。李夫人见包公醒来,非常高兴,就拿来汤让包公喝了。包公对夫人说:"我已经从西天佛祖处借来降伏这妖怪的宝物,千万不可泄露出去。"夫人说:"现在怎么办?"包公道:"你明天进宫,去见皇太后,请她传旨,在东京南郊修起高台,我好断案。"皇太后得了信儿,就下令工部尚书加班加点修筑高台。等台一修好,包公便吩咐差役赶往南郊高台审案。东京城里的百姓听说包公要大显神通,斩妖伏魔,满城轰动,纷纷扶老携幼,来到这高台下看包公判案。

审判开始,真假皇上、真假太后,真假丞相、真假施俊都站在台下,文武百官排列两侧,台上只坐着真包公,那假包公还在台下聒噪。眼看午时将到,包公从衣袖中取出佛祖给的佛咒,诵念了一遍,那玉面猫听了,从包公袖里跳出来,身形一下子就变大了,就像一只猛虎。台下五鼠见是佛祖跟前的玉面猫,自己当初在佛祖跟前偷听讲经时,最惧怕的就是它了,这时见着,都心里发慌,腿脚发抖,动弹不得。那玉面猫见是五只老鼠精,眼中射出两道金光,就扑下台来,先把鼠老三咬死了,众人一看,原来是假皇上。鼠老二一看势头不对,显了原形就要跑，让那玉面猫伸出左脚一脚踩住，又伸出右脚抓住了鼠老大，张开大口一齐咬死了。台下的众人看了，原来是假太后和假包公，都叫了一声好。那假丞相、假施俊见那三个妖怪已经被咬死了，胆战心惊，趁机显形，腾空而起，翻上云霄要逃。那神猫飞身上去咬下一个，原来是鼠老五，只跑了鼠老四。那神猫不肯放过，腾云驾雾追赶而去。台下文武百官见刹那之间除了四只妖怪，无不喝彩，台下人群也跟着呐喊欢呼。

包公走下台来，见是四只老鼠精，身长约莫有一丈，爪子就好像人手脚的样子，被那神猫咬伤的地方溢出了油乎乎的白膏。包公奏道："这必定是被这些妖怪害死之人的精血，可怜这许多无辜百姓，被这妖怪所害，请皇上下旨，把这四只老鼠精的尸体焚化，也好让那些被害的人可以往生极乐。"仁宗皇帝准了，就命兵士架起柴火，烧了起来，这大火烧了三天三夜才熄灭。

皇上、皇太后见降伏了妖怪，就吩咐起驾回宫，文武百官入朝拜贺除了这祸害人间的妖孽。皇上龙颜大悦，下旨褒扬包公斩妖除魔的大功，并设宴款待。包公喝了御酒，便拜辞了皇上，回到开封府，让施秀才带何氏回家，夫妻团圆。那何氏因为曾与妖怪交合，中毒不轻，幸亏施俊又到芽山求董真人赐给仙丹，让何氏服下了。何氏吐出妖毒，这才痊愈。夫妇两个感念包公的再生之德，在家里设了包公长生牌位，每日里恭恭敬敬地拜个不停。

这就是五鼠闹东京的故事，可当真算得上是一段奇闻异事。

神猫显威捕妖鼠

第八回

西行记

　　话说宋仁宗宝元年间，河南汝宁府上蔡县，有一个姓金的巨富大户，这家管事儿的是个老汉名叫金彦龙，已经有六十岁了，在街上开了一家当铺过日子。这金老汉与他老婆周氏在三十五岁时才有了一个儿子，名叫金本荣，因为这儿子得的晚，所以金老汉和周氏都十分疼爱这孩子，当真是捧在手里怕摔了，含在嘴里怕化了，因为家里有的是银子，不愁吃不愁穿的，就一直把儿子拴在身边不让他出去走动。

　　这年金本荣已经二十五岁了，金老汉前两年做主给他娶了个老婆名叫江玉梅，这江氏年方二十，长得貌美如花，是远近有名的大美人，小两口的日子过得和和睦睦、舒舒服服的，好不自在。因为这金老汉年岁大了，身体是一年不如一年，就自个儿从当铺掌柜的位子上退下来，把儿子金本荣推到前台让他练练手，等自己不行了，也好把这祖上传下的家业传给他们。于是，这金本荣就天天到柜台上去坐着。一天，金本荣正在自家当铺门口站着，有个拿着"神算子"招牌的术士打门前过，这金本荣平日里就信这个，就招呼那术士："先生，请过来这里，给我算上一卦吧！"这术士见有生意，忙过来了，问了金本荣的生辰八字，装模作样地掐着指头算了半天，故作惊讶地说："你家前世罪孽深重，将要殃及子孙，这灾祸就落在你头上，你这百日内必有大祸临头，赶快回家准备后事吧！"你说他为啥就说这金家前世罪孽深重啊？因为他见这金本荣是开当铺的，这当铺专门做的是乘人之危的买卖，平日里大家总骂他们挣昧心钱，所以就随口胡诌了几句。哪知这金本荣就信这个，一听这么说，吓得脸都变色了，赶忙问："还请高人指教，怎样才能躲过这场灾祸？"那术士见金本荣竟然这么容易就上了钩，心里高兴，嘴上却推三阻四地说："天机不可泄露，泄露天机我要折寿的。"金本荣见他不说，知道得上银子了，就叫账房拿了二两银子给他："只求先生慈悲为怀，救我一救吧！我永世不忘您的大恩大德！"那术士一见银子，就来了精神，嘴上说着："咳！这是怎么说！这是怎么说啊！"手却忙不迭地上去接了银子就往怀里揣："罢了罢了！我看你是个好人，就给你指条明路吧！你只有外出躲避，才能逃过这场劫难。"金本荣又问："不知我该到哪里躲避，才能免于此难？"那术士随口就说："要往西去，走得越远越好，百日内不要回来，就能消灾解难，逢凶化吉。"金本荣再三谢了那术士，就吩咐账房照顾着生意，自己赶紧回家去和老爹商量。

金本荣惊慌失措地回到家，把这算命的说的对父母和老婆讲了，只说："这祸事来了，我也不能在家里等死，我已经想好了，我那堂兄金本立正在洛阳府做买卖，听说生意做得不错，这洛阳恰就在咱们西面，我准备去他那里躲开这灾星，也可以顺路做点儿买卖啥的。"金老汉和老婆就这一个儿子，一向视若掌上明珠，听见儿子有难，心里也是着急，见他这主意还不错，那金本立以前也受过自己恩惠，想来他也不会怠慢了自己孩儿，就同意了。金彦龙和儿子说："咱家有玉连环一对儿，上好的珍珠一百颗，价值万两。那洛阳府是个繁华地儿，最多的就是王公贵族，富商巨贾，不愁没有买主，你带上，到了那儿，看价钱合适就卖掉。"金本荣见父母都同意自己的意见，满心欢喜地答应了。这时，儿媳妇江氏走上前来说："公婆在上，丈夫从没有出过远门，他平日里又喜欢饮酒，带着这么多宝贝一个人出门，恐怕路上会出什么差错。媳妇愿意和丈夫一起去，不知公公婆婆意下如何？"金彦龙说："嗯！我也担心他饮酒误事，媳妇能与他一起去最好。拣日不如撞日，今天就是个出门的好日子，你们赶快收拾收拾启程吧。"金彦龙把珍珠、玉连环交给儿子，周氏给他们收拾了行李，两位老人又千叮咛万嘱咐："过了百日之后，就回家来，不可在外久留，让我们在家里牵挂。"金本荣说："二老只管放心，我在堂兄家，不会有事。百日一到，就回家来与你们团聚。"说罢，金本荣夫妻两个就拜别了父母，朝西直奔洛阳而去。

因为是去逃命，所以金本荣这一对儿小夫妻心里着慌，只是往前赶路。天都黑了，俩人才来到一座小镇，找了一家酒店进去用饭。正喝着酒，只见一个老道走进店里，老道看见金本荣，就说："贫道来向你们化一顿斋饭吃，不知行不？"金本荣平日里信奉道教，最敬奉的就是道士，见有道士来向自己化斋，哪有不肯的道理，便说："请先生坐下同饮。"赶忙给道士斟酒，这老道坐下，吃了他一杯酒，说道："金本荣，你们夫妇两个要到哪里去？"金本荣听了，大吃一惊："我们和先生您素不相识，先生怎地就知道我们的姓名？"老道说："贫道曾得真人传授，懂得些法术，略施手段便可知人姓名、吉凶祸福。我看你两人脸上气色不正，不久必有大难，你们要小心谨慎行事。"金本荣本来听了那算命先生的话，心里就害怕，这时又见有得道的高人点破，心想这高人既然有这样好本事，何不请他给想个法子，就求告说："我们都是肉眼凡胎，有眼无珠，不知道如何趋吉避凶。小人家里还有父母在堂，还望先生大发慈悲，救我们于水火啊！"说着竟就带着点儿哭腔了。老道见他们可怜，有意相帮，就说："你们金家是积善之家，平日里知道积德行善，我岂能坐视不救？我这儿有两丸丹药，你们拿了去，各服一丸，自然就可免除灾祸。只是你们随身带的财宝，一定要小心藏好。你们要是有难，可以到这嵩山上来找雪涧师父，到时我自然会帮你们。"说罢，这老道便告辞而去。金本荣和江氏赶忙服下那老道留下的丹药，将老道所言铭记于心，心里也稍微踏实了些。

两个人晓行夜宿，快到洛阳时，忽然见有许多人拖家带口，拉车挑担，如逃难一般，直向东而来。路上只见人往东去，往西的越来越少，到最后就剩下金本荣夫妻两个了，金本荣见事情不对，就拉住一个人探听原委。那人说："后生，你还不知道啊？那西夏国王赵元昊兴兵侵犯中原，他的兵马已经快到洛阳了。那西夏兵烧杀抢掠，奸淫妇女，无恶不作，所以百姓纷纷四散逃命，洛阳城里的人都已经跑光了。你们两个也不要再往前走了,这不是自己往虎口里送吗?"金本荣听罢,暗暗叫苦,心想:我们夫妻两个来此逃难,这里却更不太平,听这人说洛阳已经人去城空,堂兄一家肯定也逃命去了。洛阳看来是去不得了,又不能回家,这可怎么办? 金本荣想了半天,终于想到个可以投奔的地儿,就和老婆江氏说:"我在家时交了个朋友,名叫李中立,家住开封府郑州下面的汜水县。前年他来咱们那儿做生意时,我待他不错,也算有恩于他,他还说让我有空去他那儿住呢! 事已至此,我们只好投奔他去,看看能不能就在他家住够百日,再回家去。"江氏见丈夫说得勉强,知道他多半和那姓李的交情也不深,可是如今走投无路,也只好去投奔人家看看。两个人随着逃难的人一路奔波,问来问去,终于找到了李中立家。金本荣上前打门,让人通报一声就说有上蔡县的朋友金本荣来访。李中立听见金本荣来了,赶忙出来把他们夫妻俩迎进屋里,让座倒茶,寒暄一番,然后就问起他们怎么大老远的过来。金本荣就把得了算命先生指示向西来躲灾,顺便带些珠宝到洛阳做生意,不承想遇上西夏兵进犯,走投无路只好来投奔李中立的话说了。李中立看这江氏长得是花容月貌,十分好看,心里就有些痒痒,有心要谋夺这金本荣的老婆和身上带的珠宝,就说:"兄嫂既然为逃难远道而来,这就是瞧得起我李某人,你们尽可以安心住下。我们这里十分偏僻,西夏兵多半不会过来。就是来了,兄嫂也不必担心,小弟在附近挖有个地窖,只要多藏些吃的喝的,住个十天半个月的不成问题,我们到时候就在地窖里藏身,保证平安无事。"李中立叫家人准备酒菜为金氏夫妇接风洗尘,又吩咐家人李四去找邻居王婆来作陪。不多时,酒菜准备停当,李中立夫妇两个与金氏夫妇和王婆一起用了酒饭。晚上,李中立叫人收拾了房间,让金氏夫妇歇息。

这李中立本就是个贪财好色之人,金本荣这时也忘了那道士的话,把自己带的玉连环和珍珠都给李中立瞧了,李中立见他身上带着这么多珠宝,便起了贪念,江氏的美貌,早让他垂涎三尺。李中立就想害死了金本荣,自己财色双收,这时什么当年金本荣对他的恩情,什么礼义廉耻,他早就忘了个一干二净。他想:也该你金本荣没命,你去谁家不好偏偏来到我这儿。这金家人还以为他们夫妻两个去了洛阳,哪知道他们已经来了我这里,这可当真是神不知鬼不觉!这李中立心念一转,就有了主意,他把那李四叫到跟前,吩咐说:"我前年去上蔡县做生意时,被这姓金的连本钱都给骗去了。天幸他现在逃难来到我家,这是老天赐给我报仇的好机会。他身上带有珍珠百颗、玉连环一双,从不离身,你把他引到个犄角旮旯儿给杀了,然后把珠宝取回来。只要你能替我报了仇,你这下半辈子就不用愁了,我升你做我的管家,养着你。不过你给我听清了!你得给我拿个凭据回来,刀头上务必见血,否则我可不认账!"李四听说自己可以一生受用,十分高兴,就答应了。

第二天,李中立对金本荣说:"小弟有一座小院落在邻村,虽然小些,可是住着也还舒服,最要紧的是上次我和你说的那个地窖就在那里,我想就请金兄和嫂子去那里住,一旦有个什么事你们就赶快躲进地窖,岂不是好?"金本荣一听,只觉得这李中立当真够朋友,非常感激,就说:"既然李兄这样说,那我就恭敬不如从命了。"李中立说:"那金兄今天就先去看看中意不,要是中意的话,赶明儿个就搬。"金本荣说好,李中立就叫来李四,让他陪着往邻村去,临走的时候偷偷朝李四做了个抹脖子的手势,示意他这就下手。李四心里明白,就回屋往怀里揣了一把牛耳尖刀跟金本荣去了。

这李中立所说的什么看房子本就是一句空话,所以这李四就专拣没人的小路走,一心一意要谋害金本荣。俩人走到一处乱坟岗上,李四看看左右没人,突然打怀里抽出刀来,抵住了金本荣的胸膛。金本荣大吃一惊,问道:"李四兄弟,你这是何意?我也没得罪你啊?"李四说:"你都要死的人了,也不怕你知道,好!就说给你听,也好让你做个明白鬼。你听好了,我家主人说了,他在上蔡县做生意时,本钱都让你骗去了,让我杀了你,好为他出气。我也是受人之托,没法子的,你到了阴间,不要怨我。"说着就要动手,金本荣直吓得魂飞魄散,连忙跪在地上,苦苦哀求道:"李四哥你先别动手,且听我说。你家主人李中立在上蔡县做生意时,我曾有恩于他。我要是坑过他,还敢来投奔他吗?一定是他见了我的珠宝,见财起意,又看我老婆长得好,于是恩将仇报,图财害命,谋夫占妻。可怜我家里还有二老在堂,无人侍奉。求李四哥你放我一条生路,金某人绝不敢忘。"李四听他说得可怜,有心饶他,就说:"只是我家主人说了,务必要把珠宝带回去,你那珠宝现在何处?"金本荣见有门儿,赶忙打贴身的袋子里拿出宝物说:"珠宝都在这儿,全都给你,只求壮士留我一命。"李四收了珠宝,说:"我见你可怜,就做回好事,留你一命。只是我那主人是个精明人,就这样把你放了恐怕他起疑心,你得留下个东西我好回去作为凭据。罢了,你把头巾给我吧!"金本荣忙摘下头巾,给了李四。李四又说:"这刀头上还得有血迹,否则我回去不好交差。"金本荣说:"这好办。"便下狠心咬破舌头,将血喷在刀上。李四说:"好了,你赶快到别处去躲躲吧,如果我家主人知道你还没死,不仅你要遭殃,还会连累了我。"金本荣说:"恩公说哪里话?恩公饶我不死,我怎能不知恩图报,肯定不会连累你的。"当下谢过李四,转身逃命去了。李四饶了金本荣一命,便回去向李中立交差,把珠宝交给李中立。李中立又仔细查验了头巾和刀头上的血迹,这才放心。

李中立见金本荣已死,便来到江氏屋里,对江氏说:"小弟来陪嫂嫂说会儿话。"江氏见天色已晚,丈夫没回来,便问:"我丈夫与李四去邻村看房子,怎么现在还没回来?"李中立说:"我家也有的是钱粮,比那金家也差不到哪儿去,若嫂嫂能与我结为夫妻,保你有享不尽的荣华富贵,不用挂念那个姓金的。"江氏见这李中立有意轻薄,大怒说道:"枉我夫君还把你当朋友,原来你是这样猪狗不如的东西!我乃是有夫之妇,你怎能这样疯言疯语,真是不知廉耻!"李中立贪恋江氏美貌,早已魂不守舍,哪管她如何骂自己,上来便一把抱住江氏。江氏大怒,将他推开了,说:"你是我丈夫的朋友,况且他还有恩于你。如今我夫妻二人因为落了难了,不得已才来投奔你。常言道:朋友妻,不可欺!你怎能如禽兽一般,趁人之危？你不要脸，我还要名节呢！你给我滚出去！"李中立被她说得恼羞成怒，冷笑一声道："好个贞洁烈女，你那姓金的已经被我杀掉了，你若不信，看看这是什么！"说罢，从怀里掏出珠宝和那头巾扔在地上，手里拿着那满是血迹的尖刀说："娘子你看，这头巾是你丈夫的吧？这刀头上的血便是你那死鬼丈夫的，你要是不顺从我，也少不了挨上一刀，去阴曹地府和他相会去。"江氏看见珠宝和头巾，认得确实是丈夫的，顿时放声大哭，悲痛欲绝，倒在地上。李中立上前去抱住了她说："娘子你不必伤心，你丈夫已经死了，你也该为自己打算。你若是和我结成夫妻，我决不会亏待你。何苦执迷不悟呢？"江氏心想：这禽兽杀了我丈夫，又要霸占我，我若是不从，必然遭他毒手。我死不要紧，我现在已经怀上了孩子，也该为金家保存下这一点儿血脉，便对他说："我已经有了五个月身孕，你要是想和我结为夫妻，就等我生下这孩子之后再说。只要你能让我生下这孩子，到时候我愿意听凭你处置；否则，我情愿一死，也不会嫁给你。"李中立听罢，心想：这女的性子倒是够烈的，看得出来我要是不让她生下这孩子，她真会去死，她要是死了，岂不可惜？我这么多功夫岂不是白搭了吗？现在她在自己手掌心儿里，谅她也跑不了。于是就同意了，让她生下孩子之后再成婚。李中立叫来王婆，吩咐道："我在山神庙旁有所房子，你领着这女人上那儿去住。凡事要小心，别让旁人见着了。等她生下孩子之后，不管男女，都给我扔到山沟里去，等满月时来告诉我。"于是王婆就领了江氏去那山神庙旁住着，每日里小心看着。

80

不觉光阴似箭，岁月如梭，转眼间一百天之期就过去了，可是这金家二老在家里左等右等就是不见儿子、儿媳回来，也没有什么音信，心里着急，就请了亲戚帮忙照看着家里，老两口一路朝洛阳方向找来，却只是找不到。

这边江氏在山神庙旁住了几个月，一天忽然肚子疼痛，生下一个男孩儿。王婆对她说："不是我狠心，你这娃儿只能丢在水里漂下去，是死是活就得看他的造化了。要是叫李中立知道了，他肯定会害这娃儿的性命。"江氏再三哀求道："婆婆，求您念在他父亲已经身遭不测，就可怜可怜他，等他满月了，再扔掉也不迟。"这王婆心地本来不坏，见他们母子十分可怜，心里不忍，也觉着李中立手段实在是太过毒辣，就依了她。到了满月时，江氏拿布写下孩子的姓氏和生辰八字，裹在孩子衣服里面，想把他丢在山神庙里，若是天幸让人抱去，也能留下一条活命。这天江氏与王婆抱着孩子，来到山神庙，没想到在这庙里正巧碰上她的公婆金彦龙和周氏。原来，金老夫妇到了洛阳，这时西夏兵马已经被打退了，可是洛阳城已经成了一片废墟，那金本立家连找都找不到了，两个人也不知自己这儿子、儿媳是死是活，便四处去寻找。走来走去，竟然就来到这汜水县，走到这里，看到有个山神庙，便想进庙去求神仙保佑自己那儿子、儿媳平安无事，谁曾想竟然在这里碰上儿媳江氏。

金老夫妇一见江氏，喜出望外，忙问儿子金本荣现在何处？江氏见了公婆，自己这些日子受的这种种委屈，一下全都涌上心头，眼泪就再也止不住了，号啕大哭起来，把他们离家后的遭遇诉说了一遍。王婆见这事情叫人撞破了,而且人家亲人已经相认,也就不在那里自讨没趣,偷偷地跑了。金老夫妇听说自己儿子叫人害死了,哪受得了这种打击,直哭死过去好几回,最后还是江氏劝住了,只道人死不能复生,现在最要紧的就是前去报官,把那歹毒的李中立绳之以法,好为金本荣报仇雪恨。金老汉和妻子见媳妇说得在理,就强忍住悲痛,离开山神庙,要奔汜水县衙去告状。半路上,碰到一个大官坐着八抬大轿,前面有人在鸣锣开道,四周簇拥着许多衙役,好不威风。金彦龙问了旁人,才知道这轿子里坐的,就是人称"包青天"的包拯包大人,今日正好下来巡视地方。金老汉一听是包公,就有如见着了救星一样,连忙上前拦住了轿子告状,大喊:"小民冤枉啊!请包大人给做主!"包公见有人拦轿告状,便吩咐停轿来盘问,金老汉把事情说了一遍。包公听罢,勃然大怒,心想清平世界,朗朗乾坤,竟然有这样穷凶极恶的贼人,就派衙役去把李中立抓来了。那王婆早逃到家里,这时见李中立叫包大人派来的衙役给逮了,知道金家人已经把他给告了,就跟了衙役一起来到包大人跟前,愿意作证人来指认李中立,包公见她也没做什么恶,就答应了。那李四见状也出来说自己愿意指认李中立,包公也允了。包公见了李中立,也不审问,先叫左右重打了他一百大板,投进监牢里关着。

却说这金本荣那天在刀口下捡回一条命来,没处可去,突然想起那道士说自己可以去嵩山上找雪涧师父,于是就去山里寻找,原来雪涧师父就是那个道士,他神通广大,早已经知道金本荣遭了难找自己来了，早在那儿等着呢！于是金本荣就在山中跟着雪涧师父修行学道，这山上虽然啥都好，可是金本荣挂念妻子、父母，一直是闷闷不乐，雪涧师父虽然知道他们这一家人都是有惊无险，却也不说破。一天，雪涧师父算出这山下包拯包大人已经接了这案子，知道金家的仇可以报了，就叫过金本荣来对他说："你可以下山了，你上开封府找包拯包大人去，你的父母妻儿都在那里，你的仇也可以报了。"金本荣听师父这么说，心里一块大石头终于落了地，非常高兴，就辞别了师父，奔开封府而来。到了开封府，金本荣见着了父母妻儿，一家人终于团聚，当时就抱头痛哭，然后就一起去见包公。包公见这案子涉及的人都到齐了，就升堂审案，金家人把事情的经过说了一遍，那王婆、李四也一齐来到堂上，向包公禀报了李中立图财害命，企图霸占江氏的罪行。李中立见金本荣竟然没死，李四、王婆还都来指证自己，知道抵赖也是没用，只好全都招了。包公当堂就判李中立死罪，报到朝廷上去，朝廷见这李中立忘恩负义，谋财害命，强占人妻，实在是罪无可赦，就准了包公所判死罪，着包公监斩。第二天，包公命刀斧手把李中立绑了，押赴刑场斩首示众。从李家追回珍珠百颗、玉连环一对，全都归还给金家。李四、王婆心存善念，该当表彰，就没收了李中立的全部财产，一半赏给李四，一半赏给王婆。包公判罢，金家人拜谢了包公，回上蔡县老家去了。李四、王婆也领了赏欢欢喜喜地回家去了，当初李中立说事成之后养李四下半辈子，可是他哪曾想到会是这样子，真是害人终害己！

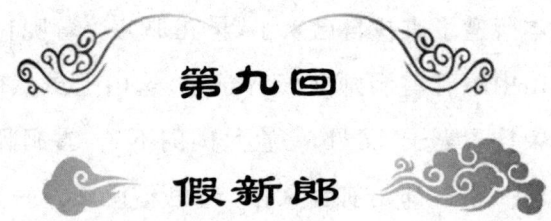

第九回

假新郎

　　话说河南许州南六十里，有一临颍县，县中有个人姓查名彝，是一个文人雅士，正在县学里读书。这一年，查彝的父母见他也老大不小了，就做主为他娶了邻村尹家姑娘名叫贞娘的为妻。

　　成亲那天，查生与新娘拜了天地之后，与众人一起吃了喜宴，大家将一对新人送入洞房。一对儿花烛之下，查生正要解衣与尹贞娘同床共枕，成了好事，哪知尹贞娘却阻止他说：“郎君且慢，我想你自幼就攻读诗书，应当发奋励志，求取功名，光宗耀祖，你可不能拿自己和那些凡夫俗子比，今天我和你成亲之时，怎能这样就上床睡觉？我今天就出个对子请郎君你来对，若是你对得上了，咱们二人就共枕同眠。若是对不上，郎君今夜就别想了，还是早早去县学里读书为好。”查生心想自己堂堂一个县学生难道还比不上一个妇道人家，连个对子都对不出来吗？就说道：“娘子既然有这样的雅兴，我自当奉陪，请娘子尽管出上联，待我来对。”贞娘就出了个上联：“点灯登阁各攻书。”查生考虑了半晌，却苦苦想不出个下联来，面子上就有些挂不住了，便辞别了尹贞娘提着灯笼往县学里去了。

到了县学里，诸位学友见着查生，都觉得很奇怪，心想这新婚大喜的人怎么跑这儿来了？就都上前来询问："查兄今夜正是洞房花烛的好日子，正该在新房里与嫂子厮守，怎么一个人跑到这里来了？这是怎么回事？"查生见大家都过来问，就说新娘出了对子来，自己对不上，心里赌气，就来县学里来走走，考虑考虑。大家听了都笑他迂腐，就各自散了休息去了。这其中却有个名叫郑正的人，平日里最好干些不正经的事，这时听见查生这样说，觉着这中间有机可乘，便偷偷跑到查家，径直进了洞房，与贞娘在一起睡了。原来这贞娘因为自己不过游戏出这么个对子，也并不是有意要为难查生，不料丈夫对不上来对子竟然羞愧而去，留下自己一个人在这里独守空房，心里面正在不住懊悔。等到郑正进了房，贞娘头上的盖头也没有取下，本来就连查生长什么模样都完全不知道，那郑正为保险又吹熄了花烛，屋里一片漆黑，贞娘哪知道他不是查生。贞娘还以为是查生回来了，就说："夫君刚才未能对上下联，这么快回来莫非是想到了如何对吗？"郑正见新娘子问自己，害怕自己开口说话让认出来，就在这边装傻充愣，只是不说话。贞娘见他不答话，还以为是丈夫发怒了，也就不敢再问了。于是这夜郑正就与贞娘同床共枕，玷污了贞娘，第二天大清早起来见贞娘还睡着没醒，心里发虚，就早早地收拾收拾起床逃了，而贞娘竟也没察觉。

到了天明的时候，查生才从县学里回到家中，见了贞娘，赶忙施礼说："娘子，昨天晚上你出了上联，我的学问做得不好,竟然对不出下联来,心里面觉着实在是惭愧,也没脸回来见你,就在县学里待了一晚,没能好好陪娘子你,这是我的罪过。娘子你不要怪罪啊!"贞娘一听,心想这可奇了怪了,昨天晚上你不是回来了吗?咱们都洞过房了,你怎么还这么说呢?就说:"夫君你昨晚不是回来了么,怎么还来和我胡闹?"可是查生只是说自己没有回来过,贞娘见查生这样说,知道他确实没有回来,这下子心里可慌了:自己丈夫没回来,那昨儿晚上床上躺的又是谁?罢了!罢了!可怜我尹贞娘才刚过门,就不明不白地被人给侮辱了!心中这样想着,贞娘脸上却没表现出来,只是对查生说:"夫君既然没有回来过,那只愿夫君你鹏程万里,从今往后一心一意发奋读书,不用顾念我了!"说罢就回房去大哭了一场,悬梁自尽了。等到查生回房发现时,急忙救下来,可是哪还有救?查家人见这新媳妇成亲第二天无缘无故地就没了,都是丈二和尚摸不着头脑,不明白这到底是怎么回事。这查生还以为贞娘是因为自己对不上对子,气恼自己不图上进,学业不精,后悔嫁给自己这么个没出息的人,一时想不开就上吊自尽了,心里那叫一个悔恨啊!不住地埋怨自己,在贞娘的灵前哭死过去好几回。可是毕竟人死不能复生,哭了几回,没法子,只好选了个日子给葬了。

不觉光阴似箭,第二年中秋节时,包公奉了圣旨到临颍县来视察,看看地方上可有什么冤情,也好为民做主,平息民怨。这天晚上,闲来无事,包公见天上的月儿圆圆,皎洁如玉,真是一幅好景致,这临颍县衙门内还有好大一棵大桐树,树底下一片阴凉，正是个赏月的好去处，便吩咐左右把虎皮交椅搬了，放在桐树底下，坐在那里赏月消遣。包公因为见这样的良辰美景，不禁诗兴大发，低头稍一思索，便想出了一个上联来："移椅倚桐同玩月"，自己品来品去，也觉着自己的这个上联着实不错，可是思来想去，却怎么也想不出个下联来，左思右想，只是想不着，时间一长，竟然出了神，就那样斜躺在椅子上迷迷糊糊似睡非睡之间，朦朦胧胧就看见有个女子，年纪轻轻的，长得美貌绝伦，见了包公竟也丝毫没有畏惧，径直走上前来跪下说："大人，这下联不用劳您费神再寻思，小女子虽然不才，可是随口就能对上来。"包公见她倒有几分胆识，又好大口气，就命她来对。这女子不慌不忙，对了出来："点灯登阁各攻书。"果然和上联对得一点儿不差，包公见她的下联确实对得好，便问她："你这女子，叫什么名字？家住哪里？"哪知这女子却并不回答，只是说道："大人若想知道小女子的来历，可以到这临颍县县学里从那些在学的秀才身上找线索。"说完就化作一阵清风不见了。包公这时一下子清醒过来，见自己还在虎皮交椅上躺着，才醒悟刚才不过是南柯一梦罢了。包公又回味回味，觉着自己这梦做得有些蹊跷，就寻思：她让我到县学里的秀才身上去查访，莫非这其中有什么冤情吗？自己这次是奉了圣旨下来视察地方的，就要为民申冤，该当想个法子看看这其中到底有什么隐情。这一夜包公就没有睡踏实，思前想后，终于想出了一个计策来：这一场梦全都是因对联而起，所谓"解铃还须系铃人"，看来要想一探究竟，也得在这对联上下功夫。

包公赏月得奇梦

第二天，包公就传下令来，命临颍县县学里的秀才，都来衙门里参见，只说自己要考较各人的学问，还特意吩咐：但凡是县学里在籍的秀才，全都传来，一个都不能少！这班子秀才听见包大人传召，哪一个不小心伺候着？一会儿工夫，就都来到衙门外了。包公见人都齐了，就出了个题目让每人写一篇文章，还附带出了个对子，就是自己前一天想出来的那一句"移椅倚桐同玩月"，让众秀才来对。这帮秀才拿了题目，哪敢有一丝怠慢，赶忙当堂研起墨来，提笔疾书。这些人里就有去年刚死了妻子的查彝，查生见了包公出的对子，心里禁不住犯嘀咕：怎么这包大人出的对子和我那死了的贞娘出的对子对得这般好？于是就把当日贞娘出的上联"点灯登阁各攻书"拿来直接写在卷子上，交了上去。

包公拿了众位秀才的卷子来看，只见一个个不过是些平常的文章，也没什么稀奇的，待看到查生的卷子时，一眼就看见了他对的"点灯登阁各攻书"，包公喜出望外：哎呀！那女子说让我到县学里的秀才身上来找头绪，果然不差，看来这事情得着落在这姓查的秀才身上了。包公赶忙命手下到堂下去传查彝上来，只说自己有话要问。查生见包大人召见，赶紧整理整理衣裳，上来参见。包大人问道："查秀才，我看你的文章也只是寻常，可是这对子却对得着实不错。我想这对子多半不是你自己作出来的吧？你是从哪里得来的，老实讲来，本官也不会为难你。"查生见包大人目光如炬，一下子就看穿了这对子不是自己作的，哪里敢隐瞒，就把自己新婚之夜，尹贞娘如何出对子考较自己的学问，自己如何对不出，第二天尹贞娘又是怎样不明不白地上吊自尽了一五一十地禀告给包大人。包大人听了,略一想就明白了是怎么回事,便问查生:"我想你那天晚上往县学中去时,那些在场的人里是不是有平日里就不老实做人的?想必是这人听见你对不上新娘子的对子羞愧,知道你必定不会回家去和新娘子洞房,就偷偷溜到你家,玷污了新娘。你妻子贞娘想必是第二天知道了内情,明白自己被人污了清白,心里觉得羞愤,就上吊自尽了。你这县学中的朋友里可有那种平日里就行为不端的,你都报上来,待本官细细察访,好为你那屈死的贞娘申冤。"查生见包公说得入情入理,想了想说:"大人,这县学里只有个姓郑名正的,平日里就不老实,那天晚上也恰好在县学里听见我说话,别的就没有了。"包公听他这么讲,就说:"你既然这么说,那你妻子贞娘必定是被这姓郑的给侮辱了。你先到一旁候着,本官这就为你申冤。来啊!拿郑正上堂来问话!"左右手下就下去押了郑正上来跪在堂下。郑正自从犯了那事,特别是得知贞娘上吊自尽之后,心里就一直觉着不踏实。今天听见包公叫了查生去问话,心里就有些忐忑,这会儿见包公又传唤自己,心里更加不安,可是又想:这事除了天知地知,我知之外,还有哪个知道?也就壮着胆子,硬着头皮来见包公。哪知包公还真问起尹贞娘的事来,郑正哪敢招认?只是推说自己毫不知情。包公见这郑正顽劣异常,心里恼怒,便命左右用大刑,只管用力地打,不必留情!那郑正本来也只是个嘴硬骨头软的主儿,没打几下,就受不住了,连连叫道:"别打了!别打了!我招!我招还不行吗?"就把那天的事儿全都招认了。包公叫左右录了供词，让郑正画了押，就把郑正当堂判了个奸污人妻，致人死命，命刀斧手绑了他押到刑场斩首示众。

　　查生见贞娘的冤屈终于得以昭雪，对包公真是感激不尽，跪在地上不住磕头，心里又想着自己那屈死的妻子，眼泪是不住地往下掉，包公劝解了一番，勉励他好好攻读诗书，不可辜负了贞娘的心意。临颍县的百姓见包公一到县里就洗雪了尹贞娘的冤枉，明察秋毫，断案如神，哪一个不敬服，又有哪一个再敢胡作非为，作奸犯科？

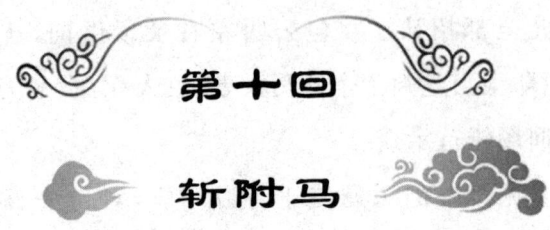

第十回

斩附马

　　登州下面有个地方名叫市头镇，镇上人烟稠密，住户很多，这镇子旁边就有一条河蜿蜒而过，打这河坐船能直上东京，水上的生意很繁华，所以人们的屋子都是临河盖的，好做这水里的买卖。这镇上人多是多，可是里面作恶的多，行善的少，这些个不法之徒每日里坑蒙拐骗偷，吃喝嫖赌，无恶不作，旁人一提起市头镇，就不住摇头，都说这地方就是个恶人镇。只有这住在镇东头的崔员外是个忠厚长者，为人正直，乐善好施，总做善事。崔员外娶了城里张老儿的女儿张氏为妻，这张氏性格温柔，为人很好，又能勤俭持家，把家里打理得井井有条。他们有个儿子，名叫崔庆，这年十八岁，自小就聪明绝伦，最好的就是读圣贤书，崔员外夫妇两个疼爱得不得了，一向都视他为掌上明珠。

　　忽然有一天，有个老和尚来到崔家门口化斋，恰好这崔员外出门去了，张氏就出来招呼这位长老："不知长老从何而来？"这老和尚双掌合十，道了一声："阿弥陀佛！贫僧是这五台山上下来的云游僧人，听说您府上最好的就是积德行善，就冒昧来打扰，想向您讨一碗斋饭吃，不知施主可否行个方

便?"张氏见是五台山来的高僧,心里欢喜,就把这高僧让到
大厅里,让老妈子赶快到厨房里置备斋饭来款待这位高僧。
这位高僧用过了斋饭,就问这张氏:"你家员外在家吗?"张氏
答道:"我相公去庄上收账去了,得过个几天才能回来呢!"这
僧人说:"既然这样那我就过几天再来拜访吧!我有话要亲
口说给他听。"就告辞去了。过了几天,这僧人又来问,这时
崔员外还没回来,张氏见又是他,就说:"长老,实在是对不
住!我相公还没回来呢!又让您白跑一趟!"又请他吃了斋
饭。崔员外这次收账去的时间长,这和尚就来了好几次,每
次张氏都是好言好语地和他说,做了斋饭客客气气地请他
吃,把那做饭的老婆子都给烦得不行了,可是张氏却一点儿
也不恼。这僧人心说:人都说崔家人乐善好施,果然不错。
这天,和尚又来问,当时崔员外还没回,就又吃了斋饭,吃完
了,他倒也不客气,就在长凳上睡了起来,张氏见了,也不去
说,只道奇人异士往往特立独行,与众不同,就随他便。这
时,崔员外收完了账,风尘仆仆地回到家里,迎面就见着一个
和尚在自家大厅上睡着,直觉着奇怪,可是他这人是最好心
的,也不去扰了和尚清梦,就径自进屋去见张氏,那张氏就和
他说:"你可回来了,这几天家里来了一位高僧,说有要紧的
话一定要当面和你讲。"崔员外问:"莫非就是外面睡着的那
位大师?"张氏说:"就是了。"崔员外也顾不上洗脸吃饭,就来
这大厅上候着,等那和尚醒,等了一会儿,只听那和尚高念了
一首佛诗:

佛法无边大,何如积善功?

有人知此意，福境不难通。

这才打着哈欠坐起身来，崔员外见这和尚醒了，赶忙上前行礼："大师！劳您久候了，我心里实在是不安！"那僧人见是崔员外，赶忙过来相见，说道："施主说哪里话！贫僧数次来府上叨扰，就为着见员外一面，一直没得着机会，还以为是小僧修为不够，没缘相见，今天终于见着了，贫僧心里实在是高兴！"崔员外见这大师说话直率，心里喜欢，赶忙吩咐老妈子在厨下置备了一桌好斋饭，来款待他。两人一起吃着，崔员外就问起大师来找自己是为了什么事，是不是要化缘，若是化缘，自己一定尽力。这和尚合了双掌道："阿弥陀佛！施主的善心佛爷跟前早记着的，小僧这次来却不是为化缘，只为了有一件性命攸关的大事来说给施主听。"崔员外见这高僧远道而来，只为告诉自己几句话，心里感动，跪下拜谢，这僧人赶忙扶起："员外不必如此多礼！你这里将会发大洪水，要是不早做准备，就有灭顶之灾，你们赶快准备结实大船，到时候才能逃命。"崔员外听见这样人命关天的大事，赶忙又问："不知道这大水啥时候来？"那和尚说："你们这东街宝积坊那对儿石狮子眼里流血之时，就是大浪滔天之时。"崔员外心想这发大水可不是闹着玩儿的，得赶紧说给大家，就说："师傅先坐着，我得赶快去和邻居们说说，让大家都早做准备。"不想那僧人却说："劫数本是天定，施主不必为他人操心，你这些街坊邻居都是为非作歹的人，平日里哪会吃斋念佛，自然也不会信你，你说也无济于事。就是员外你信我，等你逃得命来，也少不了要经历许多不明不白的磨难。"崔员外见这长老这么说,就问:"不知这难可逃得过吗?还请师傅您指教!"和尚说:"没事儿!你拿纸笔来,我给你写几句话,你可要记牢了。"员外忙叫仆人拿过纸笔,这和尚拿起那毛笔来,笔走游龙,写下了一首佛诗:

天行洪水浪滔滔,遇物相援报亦饶。

若有人来休顾问,恩成冤债苦监牢。

崔员外看了,也不知道是什么意思。和尚说:"你记牢就是了,到时候自然就明白了。"说罢,这和尚就要告辞。崔员外拿出十两银子要送给他,和尚一笑:"我一个云游四方的僧人,要这身外物何用?"就飘然而去了。

崔员外这时还有些将信将疑,他那老婆张氏说:"人家大师千里迢迢打五台山来就为着告诉你一句话,都说出家人不说假话的,怎能不信?"员外这才打消顾虑。这崔家后门就对着河,平日就能泊船,地方又大,就在那里请了造船师傅开始建造大船。镇上的人见了,都觉着奇怪,就来问崔员外造船做什么。崔员外就把这里将要发大水,造船是为了逃难用的话和大家说了。这些人听了,都笑他是疯子:"今年打正月里到现在都没下过一滴儿雨,怎么可能发大水?你这不是说笑话吗?"崔员外也不管他们讥笑,督促着船匠们赶工把船造好了,就让老婆去东街宝积坊看那对儿石狮子的眼睛有没有流血。张氏每天都去看好几次,大家就觉着奇怪。这宝积坊里住的两个屠夫,忍不住了,就来问她。张氏把那老和尚的话又讲了一遍,等张氏一走,他们两个就哈哈大笑起来:"天下竟有这样的傻瓜!天旱成这样,哪能闹什么水灾?更何况这石狮子眼里怎么会流出血来?"俩人就要捉弄张氏,第二天杀了猪,就把那新鲜的猪血滴在石狮子眼里。张氏又来到看时,一看石狮子眼睛里真流出血了,就赶忙回家告诉崔员外,崔员外马上命令家人往船上搬东西。

这时正是晌午,烈日当头,热得就好像在蒸笼里一样,大家看着崔家人在这里一趟又一趟地忙碌,累得是满身大汗,都笑他们疯了。崔员外知道和他们说也没用,索性不去管他们,搬完了就待在船上。哪知等到黄昏时分,一片黑云从远方滚滚而来,霎时间这天就黑了下去,就好像一张大幕罩住了,然后就是几个霹雳,大雨倾盆而下。这雨一下就停不住了,一连下了三天三夜,河水暴涨,涌进了市头镇,顷刻间,整个市头镇就不见了踪影,葬身鱼腹的何止万人?

洪水到时,崔员外他们坐的大船就被洪水冲出码头,顺河而下。这船走着走着,崔员外看见有一只小黑猿抓着的一块岩石松动,跌到了河里,正在拼命挣扎。他忙叫家人拿来竹竿,伸到河里,让这黑猿抓住,把它挑到岸上。这小黑猿一上得岸,就蹦蹦跳跳地跑了。过了一会儿,又见一棵老树从上游冲下来,只留个树顶在水面上,那树顶上竟然还有一个乌鸦巢,几只小乌鸦瑟瑟发抖,羽毛被水打湿了,怎么都飞不起来,一只老乌鸦绕着巢飞个不停,叫得非常凄凉,崔员外见这飞鸟竟也有情,实在可怜,就让家童拿一块船板搭在树干上,把小乌鸦救起来,放在船头,等它们翅膀干了,自己就飞走了。船被水冲着继续向前,走到一个河弯那儿,见一个人在水中挣扎,正在大喊"救命"。崔员外赶忙叫家人救他上船，张氏说："你忘了长老说过的话啦？遇人休顾问！"崔员外说："鸟兽咱都救了，人怎能见死不救呢？"便让家童用竹竿把落水者拉上船，还拿出干衣服让他换了。雨这时终于停了，崔家的船就停在一个小河湾里，又过了几天，洪水也渐渐退了。崔员外家等水一退，就回到市头镇，只见这镇子已变成了一片沙丘。说来也怪，全镇只有这崔员外家的房子没有倒，只是被水泡了，没什么大碍，崔员外一家稍微整修了一下就住进去了。这市头镇上逃得命的，十个里面也才一两个，崔员外见一家老小安然无恙，非常感激那位神僧，就烧香祷告，拜谢天地、祖宗和那位救命的神僧。崔员外问那个被救的小伙子家里还有没有人，那人一头跪倒，哭得鼻涕一把泪一把地说："我是那宝积坊刘屠夫的儿子，名叫刘英。如今我父母都给这大水冲走了，多半性命难保，家里面房子也是荡然无存，我回去也没个落脚处。我愿意留下来，给您做个家人，以报答您的救命之恩。"崔员外说："你既然肯留在我家，我就收你做我的养子，你比我那崔庆孩儿大些，你就是大哥。"刘英一听，赶忙跪下叩头，就拜了崔员外老两口为父母，崔庆也上来拜了哥哥，一家人欢喜不尽。

　　光阴似箭，日月如梭，转眼间半年过去了。一天，皇后张娘娘丢了一枚玉印，怎么找都找不着，就去禀告仁宗皇帝，皇上就出个皇榜：有知道玉印下落的，报上来，封他做大官儿。这皇榜崔员外也见着了，可是想着那皇宫大内的东西，外人哪个能知道，也就没当回事。不想一天夜里，崔员外做了个梦，梦见一个神仙对他说："皇后娘娘丢的那枚玉印，在后宫八角琉璃井里。你平日里乐善好施,玉帝那功劳簿上记着你这一笔呢!派我特地来告诉你,你让你亲儿子去揭皇榜,做大官儿去。"崔员外当时就醒了,就把张氏和俩儿子叫来,把梦里的情形和他们说了一遍,有意要让崔庆去揭皇榜,好做大官儿。张氏说:"咱们只有这一个亲儿子,哪能让他独个儿出门去那么远?再者说,这梦里的事,怎能当真?"这时,那刘英走上前来说:"儿子我还没有报答父母的大恩,既然是神人的指点,我愿代弟弟走一趟,要是侥幸得着个一官半职,我捎个信儿回来,让弟弟去做。"崔员外一听,欣然同意,就准备了行李,送刘英启程。

这刘英一路晓行夜宿,风尘仆仆,终于赶到了东京城,就来到皇宫外揭下皇榜,守宫门的差役见有人揭皇榜,赶忙带了他来见王丞相。王丞相问起,刘英通报了籍贯姓名,然后就说出了玉印的下落。王丞相很高兴,赶紧进宫去见皇上,把刘英说的奏明了。仁宗皇帝就让侍女去问张娘娘,张娘娘这才想起来,中秋那晚在御花园赏月,在那八角琉璃井边玩过,可能是那时掉在井里了,马上吩咐人下去捞,果然把玉印捞上来了。仁宗皇帝很高兴,就宣刘英上殿,问他怎么知道玉印的下落。刘英也不隐瞒,就把神仙托梦的事说了。仁宗皇帝听说有神仙显灵,非常高兴,说:"想是你家里积了阴德。"本来皇上想封他个官做,但听他说从没进过学堂,斗大的字不识得几个,就招他做了驸马,把黄贵妃生的二公主嫁给他。刘英一听,见自己转眼间就跃入龙门,高兴得不得了,连忙谢皇上恩典。朝廷专门建了一座富丽堂皇的驸马府,给刘英住着。刘英当了驸马,一时权倾朝野,扬扬得意,就忘了崔家对他的大恩,早就把自己当初的诺言抛到脑后去了,只顾着自己在京城里享福,哪还想过要报答崔家人?

崔员外在家苦等了俩月,还是不见刘英回来,一家人都很挂念。一天,有人从东京城回来,说刘英已经被招为驸马,极其显贵。崔员外见这刘英做了驸马也不给家里带个信儿,就让儿子崔庆带着书童小二到东京去找刘英,看看到底是怎么回事。哪知这一趟竟惹出好大一场祸事来!

这崔庆带着小二走了好久才来到东京城,找了一家客店住下。第二天,崔庆便出去向人打听驸马府在哪儿,那人听他要找驸马爷,说:"你赶得巧,前面耀武扬威地喝着道过来的不就是驸马爷吗?"崔庆一看,果然是刘英坐在马上趾高气扬地过来了,就走上前去要与他相认,刚喊了一声:"哥哥!"刘英见是崔庆,怕他来戳穿自己,就怒道:"哪来的无礼汉子?敢冲撞我的仪仗?给我拿了!"差役们拥上来,把崔庆捆了。崔庆见刘英不认自己,就叫道:"哥哥!我是你弟弟崔庆啊!你怎么不认得我啦?"刘英满脸怒气地说:"我哪有什么弟弟?"刘英把崔庆带回驸马府,不由分说,先打了一顿棍子,直把他打得皮开肉绽,鲜血进流。刘英命手下把崔庆关进牢里,吩咐狱卒不给他饭吃,有心要饿死了他,以绝后患。这可真应了古人那句老话"画虎画皮难画骨,知人知面不知心"。崔家人救他时哪里想到他竟是这样一个忘恩负义的祸害?

那书童小二听说主人被抓了,想要进牢里来看,可那刘英又吩咐谁也不能接近崔庆,否则就治他的罪,把个小二急得只能在外面干跺脚,却也没法子可想。这崔庆本是个富家子弟,平生哪受过这等苦,给饿得饥肠辘辘,眼看就撑不住了。忽然,一只黑猿攀着树,打监牢的窗户爬进来,爪子里拿着一块热乎乎的羊肉,拜倒在地,把那肉送到崔庆跟前。崔庆忽然记起,这猿猴好像是当初父亲救的那只,便把羊肉接过来吃了。以后这黑猿每天都送吃的进来,狱卒看见了,问起崔庆,崔庆就把事情的缘由说了。狱卒听了,感叹道:"这畜生尚且知恩图报,人反而不如它。"也就不去管它,任它每天来送吃的,崔庆才没饿死。又有一天,这监牢窗外有几只乌鸦,哀鸣不已,在外面盘旋,不肯离去。崔庆心想,那黑猿知道报恩,这乌鸦莫非也是我父亲当初救过的?便对乌鸦喊道:"你们要是可怜我,就替我带一封信给我父亲。"这乌鸦好像听懂了他的意思,纷纷落在窗台上。崔庆就向狱卒借来纸笔,给父亲写了一封信,绑在乌鸦腿上,乌鸦就飞走了。不几天后,这崔员外正在家里与和张氏说儿子进京这么久了,怎么连个信儿也没有?忽然有一只乌鸦飞来,落在桌子上。崔员外有些纳闷,见乌鸦腿上绑着一个纸卷儿,解下来一看,原来是自己儿子崔庆的信,写了那刘英忘恩负义的种种行径。崔员外看完,跺脚痛哭。张氏见丈夫这样,忙问是咋回事,崔员外就把这事儿说了,张氏哭着说:"当时不让你救他,你不听,如今果然让高僧说中,他恩将仇报,咱们的儿子陷在牢里,这可咋办啊?"崔员外说:"鸟兽尚且知恩图报,他是个人哪,怎么会忘恩负义?我这就亲自去东京城走一趟,看看到底是怎么回事。"

崔员外挂念着儿子，马不停蹄地来到东京，找个客店住下，第二天大清早就要去驸马府找刘英。他在街上正走着，突然看见自家书童小二穿着破衣烂衫，正在那里乞讨。这小二也看见了员外，赶忙上来抱住："员外，小的没了少爷消息，只好在这里要饭度日。"崔员外见他可怜，又牵挂着自己儿子，也哭了起来。崔员外问他这事的来龙去脉，小二就把这刘英忘恩负义，要害崔庆的话说了一遍。崔员外不信，还是要去找刘英当面对质。小二紧紧拖住他，不让他去，怕他再遭毒手。这时，只听有差役喊着："快给驸马爷让道！"街上的人都纷纷躲避，崔员外等刘英骑马走近，大声叫道："刘英我儿！你如今享了富贵了，不记得你爹啦？"刘英一看是崔员外，哪里管他，拍马直走，一溜烟朝驸马府去。崔员外见状，不肯罢休，一直追到驸马府。刘英见他来追，进了府就吩咐把大门紧紧关了。崔员外见他绝情，就拍门大喊道："刘英！你这个忘恩负义的东西！你不认我这个父亲我不怪你，可你干吗把我儿子关在牢里受苦？"

拍了半天，刘英就是不理，崔员外没法子，就写了状子要到开封府去告状。在路上，恰好遇着包公烧香回来，崔员外见差役们扛的是包公的招牌，赶紧跪在包公的马前递状子。包公把崔员外带入府里查问，崔员外把这事一五一十地说了一遍，他一边说一边哭，好不凄惨。包公听完他的诉说，就让他在开封府先住下，然后传狱卒来，问道："这牢里有个叫崔庆的吗？"狱卒见包公问起，知道崔庆有救了，就把刘驸马派人送来在狱里，还吩咐要饿死他的话说了。包公嘱咐他："你回去好好待他。"狱卒领命去了。

第二天,包公派人去请刘驸马来喝酒。刘英看是包公请,知道他很得自己老丈人仁宗皇帝赏识,不敢怠慢,赶紧过来赴宴。包公把刘英请到后堂吃酒,暗地里吩咐差役关了府门。席间,包公与刘英对饮,哪知酒过三巡,这酒壶里却没酒了。包公故意做出生气的样子问:"怎么还不添酒?"后厨早就得着包大人命令,这时就上来回报道:"禀告大人,没酒了。"包公听了,笑道:"今天难得请到驸马爷这样的贵客,既然没酒了,那就以水代酒吧!"差役就提来一桶水,包公先让倒了一大碗。包公捧起来给刘英说:"驸马爷,干一碗吧!"刘英见包公让他喝凉水,他骄纵惯了,那受过这样戏弄,恼了,说:"包大人你欺负我啊? 朝里大臣哪个敢不敬我? 哪有请人喝凉水的? 真是岂有此理!"包公见他发怒,笑一声,说:"别人敬你,俺包某人偏不敬你。今年六月间你还喝一河水,难道今天连包某人的一碗水都不能喝吗?"刘英听包公说出自己当初的丑事,立刻吓得毛骨悚然。这时,崔员外从后堂走出来,指着刘英骂道:"你个忘恩负义的东西! 你今天负我,日后必负朝廷,请包大人做主!"包公便吩咐剥去了刘英身上的蟒袍乌纱,打了他四十大板,让他招认。这刘英被打得皮开肉绽,他知道自己做得实在罪在不赦,只好把自己的罪行老实招了。包公命取了供词,让他画了押,上了枷锁,投在牢里。

第二天,包公向仁宗皇帝奏了一本,说明这事。皇上就传了崔员外上殿询问,崔员外把事情叙说一遍。皇上听了,称赞崔家人积德行善,亲儿该得官职,以示表彰,员外拜谢了。第二天,仁宗皇帝传下圣旨:"刘英冒领崔氏之功,恩将仇报,无仁无义,定为死罪。封崔庆为武城知县,即日走马上任。崔员外乐善好施,素行仁义,命地方为他树立牌坊,以示表彰。"崔庆被请出牢,换上官服官帽,领了公文官印,赴任去了。刘英这个忘恩负义的东西则被刽子手押赴刑场处斩,包公做监斩官。大家见善有善报,恶有恶报,纷纷拍手称快。

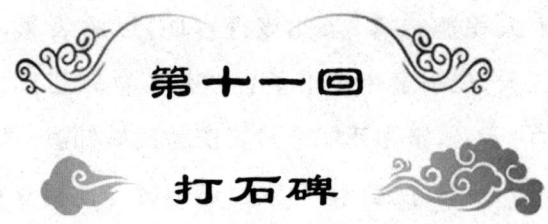

第十一回

打石碑

　　话说大宋朝仁宗年间,浙江杭州府仁和县有一个名叫柴胜的人,这柴胜小的时候也读过些书,家里面父母二老都在,到了谈婚论嫁的时候,便由父母做主给他娶了个老婆梁氏,柴胜下面还有个弟弟柴祖也已经成家了。柴家家道殷实,一家子上上下下相处得也非常和睦,日子过得好不叫人羡慕。

　　这柴家老头、老太太却因为自己家里富足,整日里不愁吃穿,害怕儿子们忘记了祖上创业的艰难,将来不思进取,坐吃山空,免不了把这大好的家业都给败坏了,就有心让大儿子柴胜出门去做点儿买卖,留着小儿子柴祖在家里打理家业,让他们也都历练历练,好知道生活的不易,要是万幸,也能赚些银子回来。这一天,柴家老头就把两个儿子叫到跟前,把自己的心思和他们说了。柴胜、柴祖都是孝子,见父母这样说,哪有不听从的道理?柴胜也不常出门走动,更没做过什么买卖,就向父母求教,看自己究竟该去哪里贸易,贩卖些什么东西。柴老头毕竟年岁大了,见过一些世面,想了想说:"我听人家说,这东京开封府最好卖的就是布匹,咱们杭州府的绸布是天下闻名的,我给你些本钱,你到府上去批点儿回来,运到开封府,慢慢卖了,用不上一年半载,也就差不多能卖完了,到时候不管是赔是赚,你都要早些回来,也免得家里人挂念。"柴胜遵照父亲的教训,去杭州府批了三担布,辞别了家人,一路风尘仆仆,直奔东京开封府而来。

这一天,柴胜押着布到了开封府,便在城东门外吴家老店里住下了,写了个招牌,只说有杭州府运来的时新绸布在这里发卖,就那样每日在店里坐等生意上门。开封府人最喜欢的就是杭州的绸布,所以每日里生意倒是也不少。

不想这布还没卖上两天,有一天柴胜因为是头次离家在外,没有了老父母和妻子在跟前,自己一个人孤零零的,心里觉着老大不爽快,就让店家置备了一桌酒菜来,一个人在那里吃闷酒。不承想一来心里郁闷,二来又贪杯多喝了几盅,这柴胜竟然喝醉了,于是就昏昏沉沉地睡了过去。人都说害人之心不可有,防人之心不可无,这话一点儿不假,这一夜柴胜醉卧在床上睡了个昏天暗地,全没一点儿防备,这就便宜了吴家老店隔壁一个平日里手脚总不干净的贼人名叫夏日酷的,他早就看上了柴胜的这几担布,只是苦于没有机会下手,这天见柴胜喝醉了酒,正是自己下手的大好机会,就在三更时候偷偷溜进柴胜房里,把三担布全都偷走了。

第二天,柴胜直睡到日上三竿,才醒了酒爬起来,这时才发现自己的布匹不翼而飞了,这一下直惊得面如土色,心想自己这才出门几天啊?贩卖的货物就没了,还有什么颜面回去见家里人啊?正在茫然不知所措的时候,想到自己既然是在这里住店,店家就该负责,不管怎么说,先找店主人来问问再说，就喊了这吴家老店的店主吴老大来说："店家，我刚刚来到东京城，就投宿在你这店里，你是坐地的买卖，我是远来无依的客人，人都说在家靠父母，出外问店东，怎么你昨儿晚上看我喝醉了酒，就起了坏心思，把我的绸布都给偷走了？我看你还是老老实实地交出来，我也就不再追究了，你要是不交，咱们少不了上衙门打官司去，到时候我让你吃不了兜着走！你到底是交也不交？"吴老大见柴胜气势汹汹的，赶紧辩解说："我一个开店的，你们客人就是我的衣食父母，小心伺候还来不及呢！怎么会偷你们的货物？再者说了，这里是东京城，天子脚下，包拯包大人在这里坐镇开封府，我还敢开黑店，我不想活了啊？你四处去问问，俺们吴家老店也是几十年的生意了，要是个黑店，能干得下去吗？"柴胜见吴老大不肯认，就说："这店里上上下下都是你在照看着，就是不是你偷的，我在你这店里住着，东西竟然没了，你也脱不了干系！你既然说包大人，那好，久闻包大人断案如神，从不冤枉好人，你敢和我去见包大人吗？"吴老大心想自己也没做啥亏心事，怕他怎的？就说："好，去就去，我就和你去见包大人，让他老人家评评理！"于是柴胜就扯住了吴老大，来到开封府包公堂下告状。包公就又问了吴老大一遍，吴老大却还是那一套词，只说自己全不知情。包公见吴老大说得坚决，也没法子判断，就命手下将柴胜、吴老大两个人都投进狱里。第二天，包公便往城隍庙去上香，求告神仙显灵，指示自己该当如何断案。未曾想，包公接连去上了三天香，却没有一点儿神迹，案子该怎么断还是一头雾水。包公见老天爷不肯帮忙,没法子,也不能总关着柴胜、吴老大两个,只好从狱里提出他们两个来,说:"柴胜,你自己贪杯误事,也不知道你的布是被哪个偷了去,到如今三天了也没见着一点儿踪影,叫老爷我如何断得明白?吴老大,人家远来是客,住在你店里,你就该小心照顾人家周全,竟叫贼人偷了他的布匹去,你的罪过可也不小!"就叫左右各打了他们两人十大板,都给撵出衙门去。这柴胜、吴老大本来已经受了三天牢狱之苦,这十板子打下去,虽没皮开肉绽,可是也疼得不得了。自己来告状,本来是想讨个公道,却平白地受了这么多苦,心里哪能服气?嘴里不住地叫屈,心里也在犯嘀咕:人都说包大人断案如神,却原来也不过如此,也是个糊涂官儿!

原来夏日酷那天晚上偷了布匹之后,便藏在一个隐秘的地方,连夜把布匹首尾两头原来柴胜做的标记全都涂掉了,又胡乱打上个印记,好叫人难以分辨。这夏日酷也真是大胆,偷了布的第二天早上柴胜和吴老大在店里吵吵嚷嚷的时候,他竟然还装作没事人似的去看热闹。后来听说柴胜、吴老大被包公关在狱里了,他心里暗暗高兴,心想这包公也审不出来,看来我可以高枕无忧了,于是就隔三岔五地拿个一匹、两匹布去城里卖,多卖在徽州客商汪成的商号里。夏日酷也算是个精细人,得了银子,从来不向人前显摆,所以没一个人晓得,这可当真是神不知鬼不觉。于是这案子就拖下来了。

却说包公用一顿棍棒打发了柴胜、吴老大回去,心里也老是不安,心想:包拯啊包拯,枉你背个青天的名,竟然这样胡乱审案子,怎么对得起天下百姓?所以为这个案子,包公思来想去,每日里废寝忘食,有一天,终于有了这么一个计策。第二天,包公吩咐手下把衙门前好大一块石碑搬到堂下,只说要问这块石碑要布来还给柴胜。包公安排停当,却并不马上开始审石碑,而是暗地里派了衙役去街上放出风声,只说包大人要显神通,审问石碑。审问一块大石头,这事可真是够奇怪的,包大人却这么当真,说不定还真有什么玄虚,于是一传十十传百,人们纷纷跑到开封府衙,聚在大堂下面来看包公审石碑,一下子将开封府衙门围了个里三层外三层。包公见人聚得差不多了,便将惊堂木一拍,大喝道:"哒!堂下躺的是哪个?"众人见包公这么问,哄堂大笑起来,心想:这哪儿跟哪儿啊?一块石头能说话吗?只见包公却侧起耳朵,好像在听的样子,还不住地点头:"哦!原来你是块石碑!"哈哈哈哈!堂下又是笑成一团:这不是石碑是什么啊?包公却丝毫不为堂下众人的笑声所动,又是一拍惊堂木:"好你个大胆的石碑!如此可恶!竟敢在我开封府的地界儿上偷盗,你眼里可还有本官吗?你是如何偷去客商柴胜的布的,还不快快从实招来!"那石碑你说能说话吗?当然不能了!大家看包公这样像模像样地审石头,越发奇怪,还以为有什么蹊跷,只见包公又把惊堂木一拍:"好个大胆的石碑,老爷问你话,胆敢不答!来啊!左右给我打三十大板!"便打令签筒里扯出一根令签来,扔在地下。旁边几个如狼似虎的衙役拥上来,挥舞着水火棍七手八脚地打了起来。包公待打完,又问,又打,这样折腾了好几回。堂下众人见石碑也没什么异样,包大人却这样,更禁不住发笑,有几个游手好闲的无赖还小声地嘀嘀咕咕:"这包大人今天是不是撞见鬼发了昏了啊?拿一块石碑来撒气!"包公见众人喧闹,就喝令左右关了府门,把围观的人中为首的四个拿住,大家都是丈二和尚摸不着头脑,不知道是为什么。包公假装发怒说:"本老爷在这里断案,不许有闲杂人等在这里喧闹生事,你们为何不遵法纪,无故擅入公堂?这罪过实在是饶不得的!你们四个就把这堂上围观的人一一记了姓名,这些人若是卖米的,就罚他缴米,卖肉的罚肉,卖布的罚布……赶快去收了来,若是有半点儿差池,本官就唯你们四个是问!到时候可别怪本官不客气!"这四个人见包大人发怒,哪敢怠慢,赶紧去收取,不到半日,就收齐了东西交了上来。

包公仔细查看了收上来的东西,发现其中也有一担布,就吩咐那四个人:"这布先留着吧,明天再发还,其余的米呀肉呀,你们拿回去返还给原主,不得有误!"这四个人一听,心想:好嘛!包大人您这不是折腾我们吗?可是又哪敢说个不字?四个人赶紧拿了东西走了。包公又派人喊来了柴胜、吴老大到大堂上。包公怕柴胜冒认,就到后堂取了自己妇人织的两匹布让他来认。柴胜仔细看了,回复包大人说:"启禀包大人,这布不是小人的,小的不敢冒认。"包公见他为人倒还老实,心里放心,就让衙役把那一担布都拿上来让柴胜认。柴胜在里面翻了半天,突然高叫了一声:"哎!有了!"只见他从里面抽出两匹布来,跪在包大人跟前:"包大人,这两匹布正是小人的,不知大人您是从哪儿得来的?"包公叫他把布呈上来,仔细看了看问道:"这布首尾两端并没有你柴家的印记,你是怎么认出来的?"柴胜说:"这布首尾的印记小的看过了,确实已经被贼人涂抹过了,可是他不知道布匹中间还有暗记,标着布匹的尺寸,大人若是不信,小的可以报出这布匹的尺寸,请您当堂量了,若有一点儿差错,小的甘愿领罪!"包公就命左右量了,果然和柴胜报的尺寸丝毫不差。包公便又派人叫那四个人来问话,只问这两匹布是谁缴上来的。四人便出去查究,问明了是从徽州客商汪成的商号里拿来的。包公就差了几个手下去传了汪成来问话,问出是夏日酷卖到他店里的。这时吴老大上前禀告说:"包大人,这夏日酷和小的住得近,而且平日里游手好闲,不干好事,这布多半就是他偷的。"包公见吴老大这么说,知道这事多半保准,就命左右拿夏日酷到堂下。开始时夏日酷还不肯招认,包公见他还嘴硬,便动了大刑,只打得他是皮开肉绽,体无完肤,夏日酷吃不住,没奈何,只好招认:"大人,小的不该一时财迷心窍,趁着这客人酒醉的时候偷了他的三担布,现在已经卖出去一担了,大都落在汪成的商号里,剩下的两担我存在乡下我表舅家了。"包公派人去乡下取回了两担赃布,汪成不该收买贼赃,命他把那一担布也退还给柴胜。柴胜、吴老大见贼人抓着了,布也找回来了,欢欢喜喜地拜谢了包大人,领了布回去了。包公正要判夏日酷个偷盗之罪,这时,又有乡民来告夏日酷平日里鱼肉乡里,为害百姓,包公见这夏日酷着实可恶,就一总判了他个发往边关充军。有了夏日酷的教训,这开封府的盗贼就再也不敢犯案了,而这包公打石碑巧判无头案的故事也流传开来,听见的,没一个不说包公高明的!

怒打石碑讨赃布

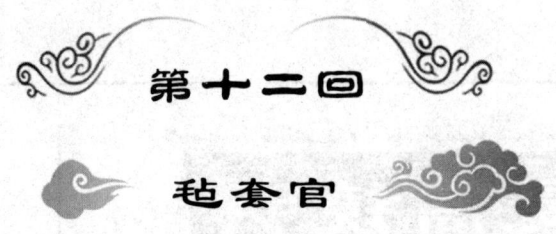

第十二回

毡套官

话说江西南昌府有个叫做宋乔的商人,家里有的是钱财。这一天,他裹了许多白银,自己一个人往东京开封府去做买卖。路过沈丘县的时候,宋乔住在曹德充家的客店里,因为宋乔每次往开封府做买卖必定住在这里,也算是个老主顾了,所以当天晚上曹德充做东,准备了一桌酒菜请宋乔,只说是为他接风洗尘,宋乔见曹老板热情,心里头高兴,就多喝了几杯,直喝得晕晕乎乎的才回到自己房里。这宋乔说起来也是老江湖了,可是这夜却因为喝醉了酒,竟忘了财不露白的道理,醉醺醺地解开包袱来取银子准备明早早些付账好赶路。事情可也巧了,这一幕恰好被在这街市上鬼混的赵国祯、孙元吉两个无赖给瞧见了,看见那么一大堆白花花的银子,两个人都起了邪念,心想自己这一辈子恐怕也挣不来这么多银子啊!一心一意想要谋取宋乔的银子。两个人一合计,不能在这里动手,到时候容易犯事儿,得跟他到外面去下手。于是赵国祯和孙元吉就想了个计策,第二天也起个大早,只说要合伙出去做买卖,出了城,却暗地里跟着宋乔,只等有了机会就要下手。

这一天,宋乔终于到了开封城中,便先去找自己当初做生意时认识的朋友龚胜,借宿在他家里。第二天,虽然一路上奔波劳累,可是宋乔也不多休息,赶早就出门去找合适的财路去了,自己的银子包袱就存在龚胜家里。早已跟踪宋乔多时的赵国祯和孙元吉两个人见宋乔出去了,也没背包袱,知道银子就在龚胜家里,感觉这是个好机会,就等了一会儿到龚胜家来敲门,赵国祯在前面拿腔拿调地装成宋乔的声音说:"龚兄弟,开门,我是宋乔啊!"龚胜一听,心想怎么这么快就回来了,是不是忘了什么东西?就赶快去开门,却只见赵国祯和孙元吉两个人手里拿着明晃晃的钢刀就往里冲。龚胜心里咯噔一下:"唉呀!不好!招了贼人了!"就赶紧往后面跑,一边跑一边喊:"不好了!强盗来了,赶快跑啊!"龚家媳妇听见了,赶紧打开后门跑了,龚胜也随后跑了出去。赵国祯和孙元吉见吓跑了龚家人,就折回屋里搜出宋乔的包袱跑了,龚家的东西却一点儿也没动。龚家人在外面藏了好久,见屋里没有动静了,才敢进屋,见自家东西都好好的,突然想起宋乔的包袱还在客房里放着呢!赶紧过去看,哪还有包袱的踪影?不大一会儿,宋乔在外面谈完生意回来了,龚胜便把遭了强盗的事情说了。宋乔见自己刚到龚家才一天,龚家就遭了强盗,而且这强盗还别的啥也不抢,专抢自己的银子,心里就犯了嘀咕:我到这龚胜家也没惊动别人啊!怎么就这么巧呢?思来想去,就怀疑到龚胜头上来了,认为八成是龚胜与贼人串通好了要谋自己的银子,当即就到开封府去击鼓鸣冤。

　　包公升堂之后听了龚胜的诉说,见自己管辖的地界上居然有人明火执仗抢劫,这还了得,就派了差人去把龚胜传来问话。龚胜也知道这事蹊跷,自己恐怕难以辩解清楚,只好苦苦求告说:"大人哪! 小人平日里总是诵经念佛,哪敢胡作非为? 宋乔到我家里来住,我是好酒好肉招待,哪有一点儿怠慢了他? 他的银子确实是被强盗拿去了,小的和那强盗是一点儿关系都没有啊! 老天爷在上,小人若是有半句瞎话,叫我天打五雷劈,不得好死! 包大人您明察,若是当真查出我和强盗串通,那小的甘愿砍头,就是粉身碎骨我也愿意承受。可是确实和小的无关,我实在是冤枉啊!"包公见他不肯招认,叫左右打了一通,直打得龚胜皮开肉绽,可是他还是那几句话,包公见这也不是个事儿,总不能打死他吧? 就叫左右先把龚胜押了下去关在牢里。这边又派了赵虎去下面州县暗访,看有没有什么消息。可是赵国祯、孙元吉本就不是本地人,一抢得银子在手就赶紧逃往外地去了,而且净捡小路走,别人晓行夜宿,他们晓宿夜行,一路上连人都很少能撞见,又哪有风声走漏出来? 这赵虎去了几天,也只能是无功而返。包公见全没一点儿头绪,不觉头疼,就自己悄悄到狱里来看这龚胜是怎样的表现。却只见那龚胜虽然身陷牢狱,可是也不叫屈,也不骂娘,只是不住念经诵佛,祷告不停。包公见龚胜信佛这样虔诚,显然不像是个作奸犯科的主儿,寻思着:这事看来果然有冤情,可是自己全没半点证据,想放你出去都没法子啊! 也罢,先委屈你在这里待着,容我细细访来。包公便吩咐狱卒要好好对待龚胜,不许为难他。

　　包公又升堂坐下，叫人唤了宋乔来问："你这一路来，路上都在哪里待过？"宋乔答道："小人只在沈丘县曹德充家住过一晚。"包公一听，就知道这案子多半就是在这儿起的由头，就让宋乔回去安心等候，随时来回老爷问话。第二天，包公把衙门里的事都交代清了，便自己一个人扮作个客商模样，只说是打南京来的，直奔沈丘县而来，也投在曹德充家的店里住着，只说是来收购毡套的，每日里也装模作样地四处去做生意，实际上暗地里四处打听看有没有什么线索。

　　过了几个月，却一点儿消息都没有，这一天，包公和曹德充一起去收毡套，快到中午时，两个人一起到一个酒馆儿里喝酒。一进门，曹德充就遇着两个熟人，那俩人见了老曹，上来问了好，就一起坐下来喝酒。因为见包公脸生，就问老曹："这位客官是哪里人啊？"老曹就答道："这位相公是从南京来的，收毡套的，就住在我店里，你们有了也多照顾照顾他生意。"包公上前给两人施礼问好，两人也赶忙还礼说："既然是曹老板的客人，好说，好说！"四个人在一起吃喝得倒也高兴，喝着喝着，其中一个就说："老哥你听说没？ 赵国祯、孙元吉发了大财了！"老曹说："他们两个游手好闲的主儿也能发财，难不成是遇见天上掉银子砸他俩脑袋上了？"另一人笑道："老哥说得好笑话，听说他们两个上开封府去做买卖，才半个月时间就赚了不止千倍，现在置房买地，做起财主来了，好不风光，当真是他们两个的造化！"包公在旁边听见他们说两个泼皮无赖突然成了暴发户，而且恰好是在开封府做买卖的，心里明白这事应该是有了眉目了，想必就是这两个家伙抢了宋乔的银子,可是包公当时并不露声色,等到回到曹家店里,包公才问曹德充:"刚才那俩伙计叫什么啊?"老曹说:"一个叫赵志道,一个叫鲁大郎。"包公心里记下了这两个名字,第二天,就推说离家久了,该当回家看看,就辞别了曹德充,收拾收拾回府了。回到府里,包公却并不急着拿人,而是叫过赵虎,让他到官库里拿了几十匹绸缎,去赵国祯家卖,要拿他个真凭实据,把这案子坐实了,让这贼人没法子抵赖。

赵虎拿了绸缎,直奔赵家而来,你说这事情可也巧了,这天正是重阳佳节,赵国祯请了孙元吉在家里喝酒。赵虎到赵府来敲门,只说自己有上好的绸缎要卖,赵家的仆人就带了他去见赵国祯。赵国祯、孙元吉见赵虎面生,不像是本地人,就问他:"客官是打哪里来啊?"赵虎为怕打草惊蛇,就扯个谎说:"小的是杭州来的,带来的都是本处上好的缎子,请两位老爷过目。"赵国祯看这缎子不错,就买了五匹,给了赵虎三锭银子,总共是十二两。孙元吉也觉着赵虎的缎子着实是好,而自己身上又没带银子,就把赵虎领回家里,也买了五匹,给了六锭银子,也是十二两。赵虎见事情成了,赶紧回开封府去包大人跟前复命。包公便将这九锭银子做了记号与一些官银混在一起,叫宋乔来认。宋乔看看这锭,瞧瞧那锭,最后拿了两锭说:"大人,这两锭就是当日小的从家里带来的银子。"包公一看,果然是做了记号的,又怕宋乔冒认,是误打误撞蒙上的,就问他如何认得是自己的银子。宋乔见银子找回来有希望,便一五一十地说了:"小的不瞒老爷说,俺们江西本地熔铸的银子铸成后隐隐有青丝印记,别处的都是没有的,所以小的才能认出来,还请包大人给小人做主啊!"包公见宋乔说得实在,知道这案子是要破了,就派人分头去捉拿赵国祯、孙元吉,并传唤赵志道、鲁大郎两个来问话。

不几日,四个人均已来到堂下,包公升堂坐了,一拍惊堂木:"好你个大胆的赵国祯、孙元吉,目无王法,竟敢明火执仗,抢人家的银子,实在是罪该万死,还不快快从实招来,也免老爷我一顿好打!"孙、赵两人却嘴硬,只是不招,包公见他二人顽固,便喝道:"赵志道、鲁大郎,你们前日里说他们两个半月间获利不止千倍的事,今天在大堂上还不老老实实招来?"赵志道、鲁大郎见与自己一起同桌喝过酒,收毡套的南京客人竟然坐在公案之后,而且就是大名鼎鼎的包拯包大人,心里害怕得不得了,哪敢隐瞒,就原原本本地又说了一遍。赵、孙二人见状,低下头不说话了。包公又叫了赵虎上堂来,拿出那两锭宋乔认出的江西银子来问道:"这个杭州客人你们还认得吧?你们既然在我开封府做生意,怎么会有江西铸的银子,而且恰好是在宋乔银子被抢时你们的买卖做成了?不是你们两个无赖抢了他的银子还是哪个?"赵国祯、孙元吉见人证物证俱在,也就不敢再狡辩,只好从实招认了。

包公便判将赵国祯、孙元吉的家产一并还给宋乔,龚胜无罪释放,赵国祯、孙元吉两个罪魁祸首则少不了在刑场上人头落地,也好惩戒后人。这一案审过,包公的威名,更加誉满天下了。

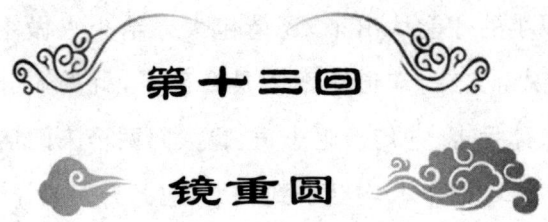

第十三回

镜重圆

话说这山东有一个在学的监生，姓彭名应凤，这一年和妻子许氏带着个半大的孩子一起来东京城里听候朝廷选官，想着要是万幸选上个一官半职，也好光宗耀祖，封妻荫子，也不枉了自己十年的寒窗苦读。

这一天，彭家人历经千辛万苦，终于来到这东京城西华门，就近住在王婆的店里。安顿下了家人，这彭应凤就赶去吏部打听消息，哪知道自己来的时候有点儿晚了，错过了这年的选官授职，离下次开选的日子还有一年多呢！彭应凤一边埋怨自己不该还没打听好日子就往这儿赶，现如今可好，来的时间是当不当正不正的，一边在心里盘算，这东京开封府是天子脚下，首善之区，到处是高官显宦、富商大贾，这柴米油盐哪一样不比自己山东老家贵得多啊？自己又不是什么大富大贵的人家，不过是个外乡来的穷监生，还拖家带口的，又没有什么相熟的朋友可以投靠，总不能在这里干耗一年吧？就有心要带妻儿回家，可是从东京开封府再回山东去，山高路远，自己离家时带的盘缠又不多，到这时已经是所剩无几了,总不能一路要饭回去吧?没法子,只好在这里苦挨。一转眼就是半年时间过去了,这彭家带来的那么点儿衣服首饰早就该当的当,该卖的卖,已经没剩下什么了,幸亏这许氏做得一手好针线活儿,每日里在楼上做些绣花枕头、女人家穿的绣花鞋来卖,全家人才能勉勉强强混个肚儿圆。这其中的种种辛苦是不用说了,那王婆见他们没钱,也就每日里冷嘲热讽,拿话来挤兑他们,有道是:身在矮檐下,怎能不低头?更何况那许多房钱还欠着她呢!没办法,彭家人只好每日里忍气吞声过活,只盼熬过了这些苦日子,到了选官的时候,得着个一官半职,也好早日脱离苦海。

这彭家人的可怜咱们先放下不提,哪知这人若是倒霉时,喝口凉水都会塞牙缝,平白地又生出一场祸事来。这时有一个打浙江来的举人叫姚弘禹,也是来京里等着选官的,借住在褚家的一座小楼上,这小楼恰好与王婆家的客店相对,比那店里的楼还高出许多来。这一天,姚弘禹在小楼上朝王婆店里瞧过来,正巧看见那许氏正在楼上倚着栏杆绣鞋,只见那许氏面若桃花,眉目含情,虽然是粗布荆钗,可是却也别有一种风韵,顿时心荡神摇,魂飞九天之外,心里眼里只有许氏的影子。这姚弘禹也真是痴情,只因为这不经意的一瞥,就再也放不下她了,当真是茶不思饭不想,人都瘦了一圈儿,心里只是想:这样美若天仙的妙人儿,我要是能娶上她,那可真是掉进了蜜罐儿里一样,下半辈子可就有享不尽的温柔甜蜜了。这样的心思一动,姚弘禹就每天到王婆家店门口转悠,想找个机会认识认识这个美人儿。终于有一天,姚弘禹鼓足了勇气走进店里,装作吃饭好和王婆套近乎,就这样在那里混了几天,有一天装作不经意地问道:"你家楼上那个小娘子是哪里人啊?"王婆说:"哦!你问那个婆娘啊?那是彭监生的老婆许氏。"姚弘禹就说:"小生想和这位小娘子一叙衷肠,不知道王婆你能不能行个方便?"这王婆可是个老江湖了,这些天见这姓姚的总在自己这店里晃荡,就知道他准没好事,这时听他这么一说,心里暗笑:你这馋猫闻见鱼腥味儿受不了了?转念一想:这彭应凤一家子在我这店里住了有半年多了,还有许多店钱没结清,看他们那穷酸样儿,十有八九是没得想了,不如就把这许氏给卖了好赚些银子花。这彭应凤我看也不过是个软弱无能的主儿,再者说强龙难压地头蛇,我一个坐地的主儿难道还怕他个远来的穷书生吗?心里算计好了,就满脸堆笑地和那姚弘禹说:"姚相公,我看你也是个老实人,我就给你行个方便,还有好大个便宜要给你呢!"姚举人见有门儿,心里高兴,赶紧问道:"王婆婆你这话怎么说?"王婆说:"这彭监生现在正走霉运,手头紧,没银子花销,你若是能出得起银子,还肯把这如花似玉的许娘子卖了给你呢!"姚弘禹一听,高兴得心都要蹦出来了:"既然如此,银子是没问题的,不过一切都要仰仗王婆婆您在里面撮合了。回头若是成了,小生一定不忘您老的大恩大德!"说着就偷偷塞了一锭银子在王婆手里。王婆一见这白花花的银子,再一掂量,约莫着有二三两呢!顿时高兴得心花怒放:"姚大官人,您就回去等我的信儿吧!这事儿包在我身上了!"这姚弘禹就欢天喜地地回去等消息去了。

　　这边王婆就上了楼,进了彭家人住着的房间,正好一家三口儿都在,王婆就和那彭应凤说:"彭官人,您这选官还有些时候呢! 现在你们这情况,怎能终日里无所事事,就指着你家许娘子那点儿针线活儿过日子? 你也该出去找些事做,你是个读书拿笔杆子的斯文人,就是去午门外替人抄写些榜文也是好的啊!"许氏也说:"婆婆说的是,你这就去找找看,咱家孩儿也老长时间没吃上白面馒头了,要是找着了事做也能给孩儿买点儿好吃的。我这可怜的娃儿啊!"彭应凤也觉着王婆这主意不差,又见老婆这样说,随即拿了一支笔,去午门外看能不能找些抄抄写写的活儿。你说这事儿巧不巧,彭应凤刚往那午门外一站,这钦天监里就走出个小官儿来,扯住彭应凤问:"你这人会写字吗?"彭生赶紧答道:"会的! 会的!"那小官儿就领着彭应凤进了钦天监,拜见了管事的李公公,李公公就叫他在东廊下抄写些表章。到了晚上,彭生回到店里和王婆、许氏说:"承婆婆教,小生果然进了钦天监李公公衙门里写字。"许氏见丈夫头次出去,便找着活儿干,心里高兴,就说:"这可好了,你要用心些干啊!"彭应凤说:"李公公让我以后还去,说这段儿时间活儿多。"王婆听见彭生已经进了衙门里干抄写的活儿,心里高兴,心想:这计策已经成了一半了! 就和彭生说:"哟! 彭官人你进了李公公衙门做事了? 那李公公最喜欢的就是人老实肯干,你明天到他衙门上去写字,就在那里待上个一个月不要出来,每日里只是勤勤恳恳地干活,他自然就敬重你,这李公公又是当今皇上跟前的大红人儿,等到日后选官时,若是他能替你说句话,就是你的造化了。你娘子就在我这里住着，我自然会照顾她，你也不用挂念，只在里面小心伺候着就是。"彭应凤哪知道这王婆一心想把自己支开来好方便行事？还以为王婆见多识广，给自己指了条明路呢！第二天就带着儿子一起去了，再也不出来。

王婆见这彭生果然听话，在李公公的衙门里总是不出来，心里暗笑：这读书人可也当真好骗！就捡了个空儿去见那姚弘禹，只说自己和彭监生说了，那边已经答应了，只等着见着银子这边就可以过去抬人。姚举人听王婆说彭监生答应了，心里高兴，就问："这彭相公想要多少聘礼？"王婆说："一百两。"姚弘禹又和王婆一番讨价还价，最后给了身价银七十两，还多给了王婆十两做谢礼，他哪知道这八十两银子一点儿都落不到彭生手里，全都进了王婆的口袋了。王婆收了这银子，就问："姚相公想啥时候过来迎娶许娘子啊？"姚举人说："我现今授了官职，这就要坐了船去赴任了，不能久待，越快越好吧！"王婆便道："恭喜姚相公了，不知您授了哪儿的官儿了？"姚举人说："去做陈留县知县。"王婆就说："既然如此，那我回去和彭相公说，等到您老上船的时候，让他派了轿子把许娘子给您送到船上如何？"姚弘禹说："也好，我这就要启程了，你让他把轿子抬到张家湾码头上候着吧！"王婆得了银子，只怕夜长梦多，出了门就雇了轿子，一阵风似的跑回去见许氏说："娘子，彭官人在李公公衙门里住得好了，现在派了轿子在门外接你一同去住哩！你赶紧收拾收拾去吧!"许氏听说丈夫派人来接,心里高兴,就收拾了行李上轿去了。王婆一路陪着送到张家湾码头,许氏下了轿,见到了码头上,哪是钦天监的衙门?就问王婆:"我家相公不是接我到钦天监李公公衙门里去吗?怎么到这儿来了?"心里着慌,就哭了起来。王婆说:"娘子,事到如今我也不该再瞒你了,你那彭官人因为自己穷急了,害怕耽误了你,就把你嫁给这姚相公了。姚相公现在去陈留县当知县,他以前也没娶过妻子,你过了门就是做大奶奶,岂不好吗?彭官人得了人家八十两银子,今有婚书在此,你看是不是?"就拿出个早就造好的假文书来,上面王婆早请人替彭应凤签了名字画了押,许氏见了,也没法子,只好随着那姚知县上任去了。

过了一个月,彭监生便出来看妻子,当然找不着许氏了,就叫过王婆来问自己老婆哪里去了。好个王婆,上来就撒泼说:"好你个姓彭的,前几天不是你派了轿子来接她进衙门里去了吗?如今怎么反倒来找我要娘子,你是想讹我家钱啊?你诳我啊?你以为老娘我好欺负啊?我可不怕你!"就上前假意要扭彭监生去五城兵马司见官。有道是人穷志短,那彭监生心想这自古衙门朝南开,有理无钱你莫进来,如今我穷得叮当响,又不比她是地头蛇,我怎么和她斗?再者说,自己老婆也不知道是不是她拐了去的,无凭无据,她要真反咬一口,也吃不住。没法子,只好忍气吞声劝住了王婆,自己含泪去了。

就这样又过了半年,彭监生也没什么依靠,又带着个孩子,是又当爹来又当妈,抄写的活儿又不总有,为了活命,彭监生只好放下读书人的架子,去跟人学了做裁缝,每日里去街上揽些活儿来做,也只是能勉强糊口而已。一天,吏部郎中邓大人府上要找裁缝做衣服,找来找去就找着彭应凤了,就请了他到府里做衣服。彭生就带着孩子进了邓府,做了半天衣服,邓府上一个名叫做进才的小仆人拿了两个馒头来给彭生做点心,彭生见儿子在一旁睡得正香,心想自己平日里只能挣得些黑面窝窝头给儿子吃,现在既然有这白花花的大馒头,还是留给孩儿吃吧!虽然自己肚里也早已是呱呱叫了,可还是忍住饥饿埋头缝衣,那进才见这裁缝师傅不吃馒头,觉着奇怪,就问彭生:"师傅,你怎么不吃馒头啊?"彭生见有人问起,就放下手里的活儿,把自己这一年来受的委屈一股脑儿地说了出来:"我不吃馒头,先留着给我这没了娘的娃儿吃吧!"进才听了也难受,就走进后院去说给夫人。那邓大人也是山东人,夫人听进才说这裁缝师傅是个同乡,而且还是个有功名的,身上又有这样的离奇故事,就让进才把彭应凤叫来问了个仔细,彭生就把妻子被拐的事哭诉了一番,夫人见他爷俩实在是可怜,有意要帮他,就安慰他说:"你是有功名的人,也不必裁衣服了,就先在我府上住着,等我家大人回来,我和他说说,让他选你的官。"不多一会儿,这邓大人退朝回了府了,夫人就和他说:"相公,咱家今天请的这裁缝还不是个等闲之人呢!他原来是咱的老乡,是个来京候选的监生,名叫彭应凤,他妻子被人拐骗走了,又没有回乡的盘缠,只好学了这手艺来糊口,相公你就念在大家都是同乡的份儿上，帮他一帮吧!"邓大人听见竟有这等事，就叫了彭应凤来问:"你既然是监生，就该有身份文书，可拿来我看。"彭生见大人问，赶忙打贴身的衣袋里拿出当日学府里给的文书，邓大人细细看了，果然是真的，就说:"你既然要应选，也是你造化，过些日子朝廷就要开选了，我是这次的主事，你明天就写个申请候选的文书递上来，我好选你的官。"彭生见遇着贵人了，千恩万谢拜过了这邓大人，第二天就写了文书递上去，转到邓大人那里，径直就授了他个陈留县县丞，也就是去给前日那姚举人做副手，可是这时彭生哪知道自己老婆竟就在陈留县？欢天喜地地在吏部衙门里领了官诰文书，又再三谢过了邓大人，就要收拾收拾带着孩儿前去赴任。离京之前，彭生还挂念着自己那被拐了的妻子许氏，就又到这王婆店里来打探消息，王婆见他选了官，又变作满脸堆笑地来问:"恭喜彭相公了，不知授了什么官职?"彭生说:"陈留县县丞。"王婆这一听不要紧，心想:哎呀妈呀! 这不坏了嘛? 那姚举人刚去陈留县做知县，哪曾想这姓彭的就又授了陈留县县丞，这可真是不是冤家不聚头，这两人要是碰在一起，那自己拐卖他老婆的事岂不就要露馅儿? 这心里就起了要杀人灭口的念头。

王婆问明了彭监生啥时候动身赴任，就找来自己那落草为寇的兄弟王明一，撺掇他去谋害彭应凤和那孩子的性命，只说:"那彭监生如今前去赴任，身上有朝廷发给的盘缠路费，他又受那吏部邓大人的赏识，邓大人也少不得要给他些银子花销，你去把他杀了，回头这银子你拿大头，我拿小头。"王明一听见有钱可捞,忙不迭地骑了马抄近路赶上彭家父子,在个偏僻的山沟沟里看看四下无人就要动手,只见那王明一朝马屁股上加了一鞭,一挥手里明晃晃的钢刀,大喝一声:"呔!前面的汉子休走!"抡刀就朝彭应凤脑袋上招呼,眼见这姓彭的就要身首异处,哪知这刀却好像被鬼拽着似的直朝后走,明明保准的一刀竟然砍偏了!王明一见这事蹊跷,莫非是天意?这人是杀不得的?就问那已经吓得趴在地上大叫饶命的彭监生:"你这汉子,你在京城里可曾招惹着谁没有?"彭生就把自己经历的种种一五一十地和王明一说了,明一一听,就知道这许氏被拐多半就是自己那姐姐干的好事,心里气他竟使这借刀杀人的毒计,就把王婆要害他们父子性命的事也说了,自己见他们父子可怜,无意伤他们性命,可是也得回去和姐姐交差,得问他俩取个什么凭据。彭生见王明一不像说谎,就把儿子的发辫割下来并脱下自己平日里穿的衣服让王明一拿去交差,对他是千恩万谢,头也不知磕了多少个。那王明一回了城,见着王婆:"姐姐,那姓彭的父子叫我给杀了,只是晦气他俩身上竟没几两银子,路上又叫我喝酒花了,我还拿了他几件东西回来,好出出气。"就拿出那发辫和衣服给王婆看了,王婆认得确实是彭家父子的东西不假,心里暗喜:这下好了,祸根除了,我可以高枕无忧了!她哪知道这时彭应凤都已经到了陈留上任了!那王明一见姐姐行事实在歹毒,将来肯定没个好下场,说不定还得连累自己,就收拾收拾东西自己跑了。

明一义放彭应凤父子

　　却说彭应凤上任之后,虽说是那买了自己老婆的姚弘禹的副手,可是当日王婆拐卖许氏时,彭监生正在钦天监衙门里做抄手,也没和这姚知县打过照面,许氏又终日在后堂里足不出户,所以几个月过去了也是相安无事。这一天,可也该着出事儿,这彭家小子玩的时候竟闯进姚知县这后堂了,这帮仆人们见是县丞家的公子,也就没管,哪知刚好叫许氏给瞧见了:"这不是我儿子吗?怎么跑到这里了?"却又不敢出来相认,还以为是自己想儿子想得久了,眼花了。这一天,却又听姚知县说起这新来的县丞老婆许氏叫人给拐跑了,心里一惊,莫非前几天不是自己眼花,那就是自己朝思暮想的孩儿,莫非这新来的县丞就是自己那前夫彭应凤?怎么他说自己是被人拐骗了,不是他亲手写了字据把自己卖给这姚弘禹吗?这许氏越想越觉着这事蹊跷,就和姚知县说:"相公,那县丞上任也已经好几个月了,你也应该给人家摆席酒接风洗尘啊!"姚知县见许氏说得在理,就在县衙后堂安排了宴席请彭县丞来吃酒。彭生见是上司请客,也不好推脱,就来赴宴。彭生和姚知县在外面喝酒时,这许氏就在屏风后面偷看,一看,原来真就是自己的丈夫彭应凤,许氏见丈夫在外面,也不顾姚知县在场,就冲了出来和彭生相认。彭生突然见自己老婆从内堂里跑出来,犹如从天而降,才开始还不敢相信,还以为是自己思妻心切,又多喝了酒,眼花了呢!等到许氏上来抱住了,才知道确实是自己那失散近一年的老婆许氏,于是两个人抱头痛哭,各自叙说了这其中的情由,才明白了这一场骗局的始末。这姚知县在旁边听了,才知道自己原来也算是这拐骗案里的同谋,只能暗叫晦气,在心里把那王婆骂了个够。于是彭应凤就和许氏一起回府与孩儿团聚去了,那姚知县眼睁睁看着他们走了,自己只能是哑口无言。正所谓:有缘千里来相会,无缘对面不相逢!这话说得可当真不假。

彭应凤回到家里,想起自己一家人经历的这许多波折与艰辛,全都是因为王婆从中捣鬼,这贼婆娘还想害自己和孩儿的性命,越想越气,就写了个状子告到开封府包大人那里。包公见了状纸,不由得大怒,就上了表奏告朝廷,把那拐骗人妻子的姚知县发配充军,又差了张龙、赵虎去京城西华门捉拿王婆来堂下问话。不多时,那王婆被押解上来,她一上大堂,就瞧见彭应凤一家三口在那里站着,就知不妙。包公把那惊堂木一拍:"好个刁妇!你竟敢拐卖人妻,还意图杀人灭口,实在是可恶,来啊!先给我打她一百板子再说!"左右一班如狼似虎的衙役拥上来把那王婆按倒在地,噼里啪啦一顿好打,打得这贼婆子只剩下半条命了。因为证据确凿,包公也就不再问王婆拿供词,直接就判了她个押出法场,斩首示众。

东京百姓听说包公断了此案,无不震服,还有哪个敢作奸犯科?社会上的风气也就为之一新。

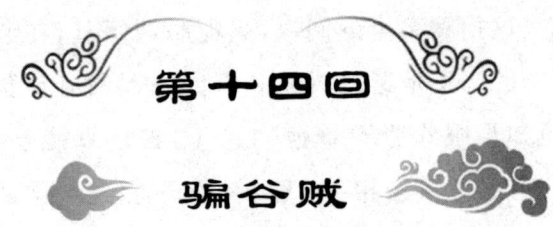

第十四回

骗谷贼

　　开封府管下许州,有两个光棍儿无赖汉,一个叫王虚一,一个叫刘化二,整日里游手好闲,不做好事,专门干些欺诈富家大户,骗人钱财谷物的勾当。

　　这一天,王虚一和刘化二把前一次骗来的钱财快给挥霍光了,就寻思着再找个冤大头来下手。两个人打听来打听去,得知这乡下有一个叫做蒋钦的巨富大户,家里积下的银子不下万箱,谷子少说也有千仓,感觉这是一只"肥羊",正好下手。两个人算计好了,就拿了十两银子来找蒋钦跟他买谷子,来到蒋家,见了蒋钦,就说道:"小的向老丈您买些谷子去做买卖。"蒋钦叫他们拿现银过来,验明了确实是十足的细丝纹银,这才收了银子,叫管粮仓的家人开仓让王刘两人推了二十多车谷子去。他们俩把这二十多车谷子推了出去,到了一个偏僻隐秘的所在,便把谷子全都卸了下来藏好。这两人居然会些障眼法,最能蒙骗人,当即就使起障眼法来,二十多辆空车看起来好像还是满满当当的似的。两个人又故意在外面耽搁了半天,才又把车子推回来见蒋钦,只说家里出了急事,着急要用银子去救命,求蒋钦收了谷子把银子退给他们。蒋钦本就是个好行善的人,这又见他俩说得可怜,心里不忍,便把银子还给了他们,让把谷子还到仓里就算了。哪知道这王虚一、刘化二两个还会些妖术,最擅长的就是用障眼法迷人,好卷了别人的财物,这下叫他俩进了粮仓,蒋钦满仓上好的谷子也就没个好了,转眼之间就让他们给搬了个精光,可怜蒋钦还浑然不觉。因为卷的谷子实在太多,王虚一和刘化二用了很多车子来运,一时间蒋家庄外的大路上是来来往往,车轮滚滚,邻里看了,都觉着奇怪:"这蒋老爷家怎么运出这么多谷子来?"这其中有个租蒋家田耕种的佃户叫张小一,有心巴结蒋老爷,就去蒋家庄求见蒋老爷,上去见着蒋钦就跪下磕头说:"恭喜大老爷,贺喜大老爷,今天卖出去这么多谷子,赚得了许多银子。"蒋钦是丈二和尚摸不着头脑,说:"我家今天没卖出去谷子啊?"心说:何止没卖出去,卖出去的最后都给退回来了,你个老张怎么睁着眼睛说昏话?张小一说:"我在来的路上都遇见了,老爷您何必隐瞒呢?"蒋钦一听,心里咯噔一下:莫非刚才这两个家伙是骗子不成?急忙叫管粮仓的家人去开锁查看,这一看可不得了,偌大个粮仓里哪还有一粒谷子?全都被搬了个精光。蒋钦忙叫人出去追,可是哪还追得上?蒋钦心里恼怒:完了!我这下可亏大了!心里堵得慌,却又无计可施,只好写了个状子告到了开封府包公那里。

包公看了状子,心里有了计策,便打发蒋钦先回去等候消息。第二天,包公差人去官仓里调来了二百石谷子,拿船装了,又在里面混了些蓝靛子作为标记,自己扮作一个客商模样,只说自己是打湖南来贩卖谷子的,把船开到许州去做买卖。这一天,包公到了许州码头上。那王虚一、刘化二两个,早打听到有一船外来客商的谷子运来了,心想自己的买卖又来了，便来到码头上求见包公。两个人见了包公，问道："敢问客官是从哪里来的？"包公扯了个谎说："我打湖南来，姓褚名景先，您二位怎么称呼？"王虚一打个拱说："我叫王虚一，这位是我伙计刘化二。"包公记了两个人的姓名在心里。两人又要像前次骗蒋钦那样演戏耍花样，就对包公说要买谷子。包公验了银子，就发了二十多车谷子给他们，全都搬上了岸。王、刘两人又使起障眼法来，把谷子找个偏僻地方给藏了，却又推了车子回来见包公，只说包公卖贵了，自己买亏了，吵吵嚷嚷着要包公退还他们的银子，他们好还回谷子来。包公却也被他们所使的障眼法给蒙蔽了，叫他们自己把谷子搬到船舱里来，结果等两人拿了银子走的时候，再回去看舱里，已经一粒谷子也见不着了。包公心里明白，这王虚一、刘化二就是上次骗蒋钦家谷子的主谋。

　　包公回到府里，并不急着就去捉拿王虚一、刘化二两个，而是想出了一个计策，叫左右传下去，只说要修建先贤祠，光耀地方，只是缺少钱粮，要各处富户分摊，若是出银一百两，官府就可以张榜表彰；出谷三百石的，就可以免除差役。就命各村主事的赶快报上村里富户的名单，好按单子向各户征收。这王虚一、刘化二所在的村子里主事的知道他们两个平日里游手好闲，不务正业，最近却突然一夜暴富，知道他们的钱财来得不干净，却又没有证据，心里恼他们，见有这样的官差分派下来，就把他们两个的名字都报了上去，好让他们出出血。这王虚一、刘化二虽然被报了上去，可是想着反正自己做的是没本的买卖，钱财谷物来得也容易，还可以免除差役，何乐而不为呢？也就不在意了。包公拿了各处报上来的富户名单细细看了，就看见了王虚一、刘化二的名字赫然写在上面,就派了官差去两人家里催缴钱粮。这王、刘两人自打做成这两笔没本钱的买卖之后,家里有的是谷子,见官差来催,就赶紧各自运了三百石谷子来开封府交差。包公叫手下先设法留住两个人,自己先去看了两人缴来的谷子,果然发现有不少谷子里掺有蓝靛子,正是前几日自己被骗去的谷子。包公见这事已经是板上钉钉,确凿无疑了,就传话说自己要召见王、刘两人,以示表彰。王虚一、刘化二听说包大人要召见,心里扬扬得意,就昂首阔步地来到大堂之上。可是这一上大堂不要紧,抬眼一看,哎呀! 怎么那个姓褚名景先的湖南客商穿着蟒袍,头戴乌纱帽,坐在公案后面? 两人见这情形,就知道大事不好了,却也没处逃去,只好壮着胆子上来跪下磕头。包公把惊堂木一拍:"王虚一、刘化二,你们是有名的泼皮无赖,哪里来这许多的谷子?"王、刘二人虽然心虚,可是哪里敢认,仍是嘴硬说:"这是小的收秋租收来的。"就是不肯招认。包公见两个人还在狡辩,大怒道:"好大胆的贼人! 你们前一次骗去蒋钦家的谷子,前两天又骗去我的谷子,还想抵赖? 这谷子里我早就混下了蓝靛子做标记,你们睁大眼睛瞧瞧,是也不是?"便吩咐左右把王虚一、刘化二各打了一百大板,又上了枷锁。这两个人哪受得住这样的大刑,只得如实招认了。

包公便判将王虚一、刘化二的家财除收回二百石官谷外,全都还给了蒋钦,把他们两个分别发配到边关充军。蒋钦见自己的谷子失而复得,拜谢了包大人,欢天喜地地回家去了。两个恶人得到了应有的惩罚,自此以后,再也没有人敢用障眼法来骗人钱财了。

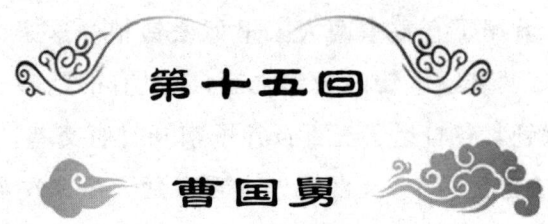

第十五回

曹国舅

　　这年，仁宗皇帝做了个梦，梦见一个穿着黑衣的先生领着好几千人，都拿着砖头瓦块来打这皇宫的宫门，仁宗皇帝一个激灵就醒过来了，百思不得其解，不知道这梦是啥意思，就连夜传召那会解梦的王丞相来，这王丞相正在家睡觉呢！听见皇上传召，赶紧收拾收拾来宫里伺候，听皇上说了，他一想就明白是怎么回事了，就跪下磕头："皇上，这梦里那穿着黑衣的就是至圣先师孔老夫子，领着众位弟子来见陛下，因为这几年南蛮造反，天下不太平，已经停了好几次科举了，这些读书人没有出路，所以孔圣人发怒了。请皇上传旨，今年恢复科考，好为国家选取贤能。"仁宗皇帝想想也是，这都好几年没点过状元了，于是就传下旨意来，要在这年秋里在京城里举行科考，要天下举子都来参加。

　　正为着这国家开科考，选贤能，竟然惹出一场大冤枉来。

　　话说这潮州潮水县孝廉坊铁丘村，有个穷秀才名叫袁正文，自幼就进学里读书，学得满腹的经纶，一心要求取功名。这袁秀才娶了个老婆张氏，真是美貌贤惠，把家里整治得井井有条，两个人十分恩爱，已经有了一个三岁的儿子。这天，袁秀才在县学里看着了朝廷的榜文,知道今秋朝廷开科取士,就和张氏商量,想要收拾收拾进京赶考去。张氏说:"咱这家里虽然贫穷,可是还好有亲戚朋友能不时帮衬着咱,也能马马虎虎过日子。现在孩子还小,你要是去赶考,撇下我们娘俩,无依无靠的,可叫我母子如何过活?"袁秀才说:"十年寒窗苦读,就指着科考时一举成名,怎能放弃? 既然贤妻在家生活无着,不如与我同去。"张氏见自己劝不住丈夫,只好同意跟去。第二天,这袁家人便启程赴京。因为路途遥远,这一家人紧赶慢赶,在路上耗了不少时间才赶到东京,就在王婆家的客店里住下。第二天早上,袁秀才夫妻两个带着孩子要去街上游玩。这王婆见他们是远处来的,就好心提醒他们说:"这里是东京城天子脚下,一来这皇宫大内是个禁地,靠近不得的;再者这开封府衙门庄严,是包拯包大人在那里坐镇,他那门前可不是能随便玩耍的;三是这当今皇上的国舅曹府,这曹家兄弟两个都是当今皇上跟前的大红人儿,最是强行霸道,也是不能去招惹的。官人你可要记牢了。"这袁秀才也不知好歹,只想着自己是有功名的人,怕他怎的,就说:"不劳王婆婆说,我自然是知道的。"于是一家人就出了客店,进城来玩。

这袁秀才一家在家里待得久了,哪见过东京城这样的繁华热闹,一路走去,只顾着看东瞅西,只恨自己不多生两双眼睛来。这时,忽然听到远远地有人吆喝"让道! 回避!"一路喊过来,袁秀才夫妻两个发现时眼看已经到跟前了,赶紧躲到一旁去。只见一群家人簇拥着一匹高头大马耀武扬威地过来,那马上坐着一位官员,不是别人,正是二国舅回府呢!
这二国舅在马上一眼就看见了张氏,见她虽然是布衣荆钗,
可是怎么也难以掩盖她那如花似玉的容貌,这二国舅最好的
就是美色,见了张氏立刻就被迷住了。二国舅心念一动,贼
眼一转,就有了主意,他吩咐一个家人过去请那袁秀才到国
舅府做客。袁秀才听说是国舅爷有请,哪敢推辞?只好带着
妻儿来到国舅府。

　　二国舅听说袁秀才来了,赶忙亲自迎了出去,把他们一
家让到大厅上,行过礼便将袁秀才让在上座,喝了几口茶,便
问起袁秀才的来历。这袁正文见二国舅如此厚待自己,还以
为是碰到个礼贤下士的贵戚,心里高兴,就把来京赶考的事
说了。二国舅一听他们原来是外乡人,心想这事就好办了,
便起意要害袁秀才,就叫过丫鬟领张氏去后堂和那些女眷们
一起用饭,又叫后厨备下一桌丰盛的酒菜,请袁秀才同席共
饮。袁秀才见国舅爷如此盛情,也不好推辞,就只好和他喝了
起来。这二国舅有心要害人,就不住地劝酒,左一杯右一杯,
直把这袁秀才喝了个酩酊大醉。二国舅见他醉倒了,嘿嘿一
声冷笑:秀才,你别怪我心狠手辣,谁叫你娶了这么个漂亮的
老婆呢? 要怪就怪你自己吧! 二国舅叫来几个凶神恶煞的家
丁,把袁秀才像头死猪似的拖到后院,拿麻绳套住脖子生生给
勒死了,就连那三岁的孩子也不放过,一棍子给打死了。可怜
这袁秀才,空有满腹经纶未曾施展,就化作南柯一梦了。

　　不多时,张氏从后堂出来,要和丈夫儿子一起回客店去。
二国舅见她要走,就说:"你那相公喝多了酒醉倒了,我已经

叫人把他扶到客房里歇息去了,你儿子也在那里。你不如也先回后堂歇一会儿吧!"张氏听见丈夫喝醉了,又不在眼前,心里发慌,不肯去后堂,要在大厅里等候他们父子两个醒过来便一起回去。眼看天色已近黄昏,二国舅便吩咐丫鬟去和张氏说,那丫鬟便上来对张氏说了实情,只说她那丈夫儿子都已经死了,如今,二国舅爷看上了她,要娶她做个小老婆。张氏一听,知道自己丈夫儿子都已经不在人世了,万念俱灰,号啕大哭道:"我丈夫儿子都已经死了,我也不想活了,你想收我做小的,没门儿!"说着上来就要和二国舅厮打。二国舅见她不肯顺从,便命人把她锁在后院一个小屋里,派好几个丫鬟日夜在那里伺候着,一来怕她寻短见,二来让这些丫鬟不断地劝说,让她回心转意,从了自己。

这时包公奉了皇上的旨意在边关犒赏三军,事情一完,便返回东京来复命。包公在朝堂上向皇上禀明了自己这次劳军的情况,仁宗皇帝一听边关安宁,龙颜大悦,赐了御酒金花给包公以示嘉奖。包公拜谢了,便退朝回府。一行人走到大石桥时,平地里突然刮起一阵怪风,只在包公马前打转,就是不停,包公见这事实在是怪异,知道这其中必有冤屈,就差了两个随从王兴、李吉追着这风去看看,小心察访,看有没有什么冤枉。这两个差役领命去了,只见那风一直刮到曹国舅府中才停,他俩上前一看,嗬!好气派的一所宅院!四方高墙,高门大户,雕梁画栋,美不胜收,就是包大人刚出的皇宫也比不上他这气派。这俩差役因为包公吩咐要小心察访,就要上前打门,走上前一看,那门上贴着一张告示,上面写着几行斗大的字:"有敢看的挖去眼睛,敢拿手指摸的剁去手掌。"王兴、李吉一看,吓了一跳,这还了得?赶忙回去禀告包公。包公一听,大怒问道:"又不是皇上的宫殿,谁敢这样胡说?"便亲自来看,一看果然如此。包公心想:这是谁呀?好大的口气,真是反了!便命手下请了一位住在跟前的老人来问话,才开始那老人还害怕,不敢直说,后来王兴在一旁说:"老丈,你直说无妨,这位就是开封府包大人,最能为民做主的。"这老汉一听是包青天包大人,就不怕了,说出是曹国舅的府第。包公问道:"就是皇帝,也没他这气派啊!他一个小小国舅,怎么竟盖起这样大的府第?好没道理!"这老人叹了一声:"大人不问,小民哪里敢说?皇帝老儿整日里住在深宫大院里,哪知道这外面百姓的疾苦?他在这外面仗着妹子是当今皇后,哪还把谁放在眼里?不是我说,包大人您也比不过他的。他的权势真比当今皇上还盛,谁要是惹着了他,不死也得扒你层皮。他要是看上谁家女人长得漂亮,便敢明火执仗地去强抢,有不从的就给害死,也不知害了多少人命了。他这府里造的孽实在太多,冤魂无处超生,所以净闹些妖魔鬼怪,大白天都吓死过人,国舅不敢再住,搬出去了。"包公听完,让人拿几贯钱赏了老人,便回开封府去了。

回到府里,包公叫过王兴、李吉,问他们:"你们有胆子没?老爷我今天要让你们去干一件大事。"王兴、李吉见包公问起,心想自己吃这衙门饭也不是一天两天了,包大人又是个软硬通吃的主儿,在他手下当差,只要是吩咐下来,自己只管去干就是,到时候包大人自然有他的道理,不用自己操心,就都斩钉截铁地答道："大人您只管吩咐,小的没有不敢干的!"包公见他们答得干脆,心里高兴,就赏酒给他们喝,俩人见是包大人赐酒,实在难得,就当堂喝了,趁着俩人晕晕乎乎的时候,包公说:"好! 今天你们也看见了,老爷马前那一阵旋风分明是有冤屈,本官就差你们两个去传那马前旋风鬼来问话。"这两人一听这话,酒顿时醒了大半,捉风拿鬼,自己哪有这本事啊? 可是刚才已经在包大人面前把大话撂下了,没办法,只好出去找,可是能上哪儿找去,难不成还上天庭找风婆子来吧? 两个人就在外面鬼混了一天,喝得醉醺醺地回到衙门里。包公见两人竟喝得大醉,也没找着要找的冤鬼,不由得大怒,就打了他们每人三十大板,而且下令要是明天他们还是交不了差,就要把他俩发配充军。这两人没法子,只好出去再找,思来想去,既然那旋风是往曹国舅府里落去了,就得在那儿去找,就夜里去到曹国舅府第门口去高声叫喊:"马前旋风鬼,包大人要找你问话,给你申冤,赶快现身!"嘿!这一叫还真有效,就见一阵风起,一个冤魂抱着个小娃娃,现身出来,跟着两位差役来见包公。包公听说马前旋风鬼已经到了堂下,忙连夜来审,只见这冤魂披头散发,满身是血,知道他必有冤枉,就问他来历。这冤魂原来就是袁正文袁秀才,袁秀才就把自己进京赶考被二国舅谋害,弃尸在后花园井里的事说了一遍。包公又问:"你既然知道你老婆如今还在人世,为何不让她来告状?"袁秀才说:"我那妻子张氏如今被那奸贼带到郑州去已经有三个月了,根本无法脱身,怎能来包大人府前告状?"包公就说:"好,你的冤情我已经知道了,本官定然替你做主,为你申冤,你先去吧!"那袁秀才的鬼魂朝包公拜了几拜,化作一阵清风不见了。包公为了想个万全的法子,一夜没睡,终于有了个主意。

第二天包公升堂,把府里的差役全召到堂上,说:"昨儿晚上那冤魂说了,这曹府后花园井里藏着千两黄金,有人肯去取来的,就赏给他一半。"众人见有钱可拿,都跃跃欲试,可一想到这曹府里人家都说闹鬼,不太平,就都犹豫了。这时那王兴、李吉想:昨天晚上我们连那鬼魂都给找来了,这去找寻黄金有啥可怕的,就又挺身上前说愿意去。包公便准了。好个王兴、李吉,俩人当天晚上偷偷来到曹府后花园,见果然有一口枯井,下去一看,并没有什么黄金,却发现一具死尸。二人见这出了人命案了,事情重大,赶紧回府去禀告包公,包公说:"你们两个去把那尸首给弄出来,回头少不了你们一场富贵。"这俩人就又回到曹府后花园,把枯井里的尸体弄上来,整回开封府。包公让把尸体停放在西廊下,便问手下:"如今这曹大国舅住在哪里?"手下有知道的就说:"曹大国舅现在搬在狮儿巷住着。"包公命差役张千、马万准备了羊腿烧酒,去恭贺他乔迁之喜。包公来到狮儿巷曹府,这大国舅上朝还没回来,其母太君夫人怪包公拿来的都是什么破烂东西,只说自己家赏给门外叫花子的都比这强,把包公羞辱了一番。包公见这太君夫人如此骄纵,就起身告辞回府,刚出了狮儿巷,正遇着大国舅回来,他见了包公,连忙下马来问候。包公就说自己刚去边关犒赏三军回来就来恭贺乔迁之喜,不想送的礼物不入太君夫人的法眼,被她责骂了几句,自己感觉没趣，就先告辞了。这大国舅倒还是个小心谨慎的人，听说了就赶忙和包大人赔不是道："太君夫人如今年纪大了，脾气也大了，还请包大人海涵！"于是两个人就告别了。

大国舅心想这下可得罪了这包黑子了，他最受这当今皇上重用，皇上什么事儿都听他的，他要是和自己做起对来，那还有好？心里烦恼，回到府里，愁眉不展，那老夫人见儿子回府后一直闷闷不乐，就来问是怎么回事，大国舅就说："刚才孩儿遇见包公，他说来贺乔迁，被母亲羞辱。二弟刚刚做下杀人父子，占人妻子的犯法之事，要是被包公发现了，二弟命也难保。"太君夫人是个头发长见识短的妇人，不知死活地说："我女儿现在是正宫皇后，怕他作甚？"大国舅苦笑道："皇上有过失他包黑子尚且不惧，还敢直言犯上，更别提皇后了。不如给二弟修书一封，叫他把那袁秀才的老婆给除掉，以绝后患。"太君夫人觉得这样保险，便写了信，派人送到郑州给自己二儿子。

二国舅接着信，也害怕包公，只好决定杀了张氏，斩草除根。他用酒把张氏灌醉了，举刀要砍时，看她生得如花美貌，怎么都狠不下心来。他走出屋来，遇着家人张公，曹昆便和他商量。这张公说："二国舅要是把她杀死在屋里，她冤魂不散，一定会在这里作怪。后花园里有口古井，深不见底，不如把她推进井中，岂不省心？"二国舅说："你去办吧！不过也要有个凭据。"张公说："这好办，就以落水声为凭。"二国舅见他处事倒称心，就赏了他十两银子，让他把这张氏背到后花园。这张公背了张氏来到后花园，他见张氏一家惨遭毒手，很是可怜,便有心要救他。他打了点儿水上来,一口喷在张氏脸上,那张氏这一受激,便醒了过来。张公把二国舅要害她的事和张氏说了,张氏不住磕头,求张公高抬贵手,放了自己出去。张公也不想作孽,就抱起一块大石头扔在井里,也是"扑通"一声,便悄悄打开了后门,把张氏放走了,把那十两银子也给了她做路费,教她去东京找包大人告状。张氏再三拜谢了张公,出了这虎狼窝,逃走了。

张氏是个妇道人家,从没独自出过远门,好在那太白金星看她实在可怜,下了界来,卷起一阵旋风,裹着那张氏就来到东京城。张氏被风刮得迷迷糊糊,等到抬头看时,已经到了当初住的王婆家客店跟前。张氏走进客店,那王婆还认得她,张氏向她诉说了自己的不幸,王婆听了,十分可怜她,就和她说:"今天五更时分,包大人要去庙里烧香,等他烧香回来,你就上前告状。"张氏请人写了个状子,赶大清晨来到街上候着。这时恰遇着一个官员带着好多仆从,骑着马过来,张氏是个没多少见识的,还以为这就是包公,便跪在马前喊冤。哪知这官员不是包公,而是大国舅。曹大国舅接了状子一看,见竟是袁秀才的老婆来告状,而且告的就是自己的弟弟二国舅,大吃一惊,他看街上没啥人,就说她冲撞了自己的仪仗,罪该万死,让家丁们一阵乱打,把张氏打晕在地。一搜身上,还有十两银子,家丁们抢着分了,只当这张氏已经死了,就把她丢到一条背巷里。王婆听说大国舅把人打死了,就过来看,一看居然是张氏,上去一摸她鼻下,还有一丝气息,赶紧叫几个伙计把她抬到店里救醒了。

张氏拦马告国舅

一天,王婆听说包大人从门前经过,急忙让张氏去跪在包公马前喊冤。包公看了状子,知道她便是袁秀才老婆,就让张氏到府里去认尸。张氏一看,果然是丈夫,大哭了一场。包公让张氏在衙门里先住着,然后派人找王婆来问,王婆便把当初袁秀才一家来京赶考便住在自己店里,前两天这张氏又到店里,要来开封府告状,不想前几天把状子误投到大国舅那里,叫大国舅给打了,是自己又给救回来,这才又来告状的来龙去脉都说了。包公让王婆回去随时听传,心想:这大国舅如今就在京里,就先把他捉了,再捉那十恶不赦的二国舅。包公就想了个计策——装病!第二天,包公便谎称得了重病,卧床不起。仁宗皇帝听说包公病了,心里挂念,便与大臣们商议要去探望包公。大国舅因为心虚,想去探探虚实,便上前奏道:"让小臣先去探视,皇上再去不迟。"皇上准了。

这大国舅来到开封府前,让人先进去通传,就说自己奉了皇命来探病。包公听说他来了,就吩咐张氏一会儿出来指认,便出来把大国舅接到后堂坐下,叫人准备酒菜,两个人喝了起来。酒过三巡,包公说:"国舅,本府近日接了个状子,有人告说她丈夫、儿子被个贵戚给打死了,她自己也被霸占了。后来她逃到东京,误打误撞把状子投到那仇家那儿,险些被打死,幸亏有王婆救起,又到我这里来告状,我正想向国舅爷打听打听,不知道那人姓甚名谁?"大国舅一听,大吃一惊,知道这事已经被捅破了。这时那张氏从屏风后面走出来,指着大国舅哭诉道:"要打死我的就是这人!"大国舅虽然心里发慌,可还想显威风,喝道:"哪儿来的泼妇,无故赖人,该当何罪?"包公见他还敢抵赖,勃然大怒,命差役把这大国舅剥去蟒袍乌纱,上了枷锁,关在牢里。包公怕走露了消息,下令关上府门,把大国舅的亲随全都绑了,押在牢里。差役从大国舅身上搜出一枚私章来,赶忙呈送到包公面前。包公一看这私章:真是天助我也! 立刻写了一封信,盖上大国舅的私章,派人送到郑州二国舅那里,只说太君夫人病重,眼见不活了,让他赶紧回东京。二国舅一看,认得是哥哥的私章,便急忙赶回东京来看望母亲。这二国舅一路风尘仆仆地赶到东京,刚进了城,就遇上包公,你说怎么就这么巧? 原来是包公早算定他这时候该到东京城了,就专门在那里候着他哪! 包公便请二国舅到府上说话,这二国舅一来是念着母亲病重,二来自己作恶多端,见着包公心虚,巴不得见不着他才好呢! 可是包公怎能放他走,就一再邀请,二国舅没办法,只好来陪包公饮酒说话。三杯过后,二国舅就起身要走:"包大人,不是小的不识抬举,实在是家兄来信,说老母病重,让我回家,我改天再来赔罪,这就告辞了。"他正要走,忽然见张氏打大堂后面转出来,当时就吓得面如土色。包公命左右把他拿了,也押在牢里。

二国舅的这些随从们在开封府外左等右等就是不见主人出来,很是着急,一打听才知道两位国舅都已经被包大人给关起来了。众人也不敢再在这里待,赶紧回去禀告太君夫人。那太君夫人一听,心说:好你个包黑子,欺负到老娘头上了? 就拿了皇上赐的诰命文书,到开封府去见包大人,到那儿一看,自己两个儿子都给吊着在那里挨鞭子呢! 这老婆子一见,就如疯了一样,上前扯住包公:"姓包的,我这儿有皇上钦赐的诰命文书,你赶快把我儿放了,否则,没你的好!"包公哪管她这个,一把夺过那文书来撕得粉碎。太君夫人见包公不吃这一套,急了,赶紧进宫去找自己女儿当今正宫娘娘曹皇后。曹皇后去求仁宗皇帝,不想仁宗皇帝平日里就不喜欢自己这两个小舅子仗着是皇亲国戚,为非作歹,现在看包公拿了他们,知道包公肯定不会徇私,就装作充耳不闻。曹皇后见皇上不愿出面,便偷偷出宫来到开封府,为两位哥哥求情。包公嘿嘿一笑:"国舅已经犯下了死罪,娘娘您又私自出宫,明天我要是去启奏皇上,大家脸上恐怕都不好看!"曹皇后讨个没趣,只得回宫去了。第二天,太君夫人亲自上朝来见仁宗皇帝,求他出面救二位国舅。仁宗见丈母娘亲自来求,不能不有所表示,只好派大臣到开封府去说情。包公听说大臣们要来求情,就吩咐差役:"但凡来求情的,与国舅同罪。"大臣们听说了,知道包公说得出做得到,哪个还敢去求情?太君夫人见这样,就撒起泼来,在金銮殿上号啕大哭,搅得大臣们议事都没法议,仁宗皇帝无奈,只好摆架开封府,亲自来说。包公接驾,奏道:"现在既不是祭天地的时候,又不是劝农的日子,皇上胡乱出宫,天下会大旱三年的。"皇上说:"我来是为了两位国舅的事,看在我的份儿上,饶了他们吧!"包公道:"皇上要救两位国舅,下一道大赦令就行了,何必御驾亲临?不过他们两个罪无可赦,臣已查得明白。要是皇上不从臣的判决,我这官儿也不做了,这就还了大印,回乡务农去。"仁宗皇帝一听,也无话可说,只好起驾回宫了。

包公就当堂判了曹氏兄弟死罪,命刀斧手把两人押赴刑场。太君夫人眼看儿子要没了,又入朝去苦苦哀求,求皇上颁赦书赦免两位国舅。皇上吃不住,只好准了,颁了赦书,赦免两位国舅和东京城里的罪人。赦书送到法场,包公跪听宣读,道:"天下人都是皇上的子民,为什么不大赦天下?"就下令先把二国舅砍了,等到午时再杀大国舅。那边刀斧手得令,一鬼头刀下去,二国舅就身首两处了。

太君夫人得知二儿子没了,知道包黑子发狠了,就赶紧上殿哭奏。王丞相就奏道:"皇上还是大赦天下吧!否则大国舅的性命也要没了。"仁宗皇帝就准了,又下了一道诏书,大赦天下。包公见皇上果然大赦天下,就把大国舅放了。

大国舅见了太君夫人,母子二人抱头痛哭。国舅说:"孩儿不肖,有辱母亲。今天虽然死里逃生,却已经无脸见人。儿情愿舍去这荣华富贵,到山里修行去。"太君夫人也劝不住,只好任他去了。后来曹国舅在山中,遇到真人点化,得道成仙,名列八仙,这是后话了。

包公判了这案子,把二国舅的家财充了公,从中拨出银子,赏给张氏,让她把袁秀才的尸首运回家乡安葬。这时遇赦的人家,没有一个不称颂包公仁德的。

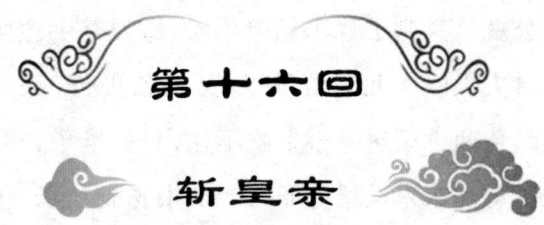

第十六回

斩皇亲

　　西京河南府离城五里有个地方名叫棋盘巷,这里住着个姓师的员外,家道殷实。两年前师员外得了病死了,留下两个儿子。这师家有祖传的织造手艺,在镇上开着好大一间织造铺,这哥哥师官受就继承了这间铺子,弟弟师马都则远赴扬州去做织造匠。

　　这师官受娶了个老婆名叫刘都赛,长得十分漂亮,他们生有一个儿子叫金保,这年已经五岁了。这年正月十五元宵节,西京里有灯会。平日里难得有这么热闹的事儿,所以大家都张罗着要去看灯。师家的丫鬟梅香也撺掇着刘娘子一起去看灯:"难得过回节,听说今年这西京城里鳌山寺扎了一座逍遥宝灯,那叫一个漂亮啊! 人家都说是天地间少有,举世无双的好宝贝。百闻不如一见,今儿晚上娘子就和我一起进城去看一次吧?"这刘娘子被她说得心里痒痒,就想去看。她那婆婆却说:"女子家就应该大门不出,二门不迈,这灯会上鱼龙混杂,最多的就是浮浪后生,还是不去的好。"刘娘子已经动了心,见婆婆不愿意,就找个借口说:"媳妇当初怀金保时,曾经在东岳庙许下心愿,至今没去还愿,现在金保都五岁了，要是再不去还愿，菩萨该怪罪了。今晚就趁着看灯，去还了愿就回来。"婆婆知道自己也劝不住，就答应了，不过叫梅香和老家人张院公陪着她一起去好有个照应。刘娘子见婆婆允了，心里高兴，就回屋好好打扮了一番，当真是艳若桃花，十分俊俏，三个人吃罢晚饭就结伴往城里来，只见街上已经放满了各式花灯。几个人先去了东岳庙，在大殿里焚香祷告了，这刘娘子就和张院公说："婆婆吩咐不要去看灯，可是难得这元宵佳节，普天同庆，我们就瞒过了婆婆去看看吧?"张院公毕竟只是个家人，少奶奶吩咐下来了，哪有不从的道理? 就同意了。于是三个人一路看去，一直来到鳌山寺看那逍遥宝灯，那灯扎得确实漂亮，引得满城的人都来挤在院子里看，当真是人山人海，水泄不通。看着看着，这刘娘子就和梅香、张院公失散了，正看着灯，刘娘子突然回头看时，已经找不着他们两个了，心里面害怕起来。这时，忽然刮起一阵狂风，竟然将这好大一座逍遥宝灯给刮塌了，把这些看灯的人吓得都跑了出去，刘娘子也被人流裹着在街上瞎跑。街上的花灯也被风吹得七零八落，人们看这样败兴就都回家去了。可怜这刘娘子既找不到张院公和梅香他们，又不认得回家的路，眼看着街上的人越来越少，刘娘子心里越来越着急，可是又不知道怎么办，只好在那屋檐下面傻站着。就在这时，只听见一队人马远远地过来，前面几个家人不住地喊着"闪开，闪开，别挡了王爷的路!"还有几十个家人，有的拿着仪仗，有的打着灯笼，簇拥着一匹高头大马雄赳赳气昂昂地走了过来，原来这是当今皇上的弟弟赵王爷。赵王在马上看见一个非常漂亮的年轻女子站在那边屋檐下,心里喜欢,就停下了马问刘娘子道:"你是谁家的女子,怎么三更半夜的在这儿站着?"刘娘子见这大官儿问起,心里十分害怕,就编了个瞎话说:"我是东京人氏,跟着丈夫到西京来看灯,不想大风刮倒了逍遥宝灯,人群一乱,不知道丈夫到哪里去了,我在这里等着丈夫。"这赵王平生最好女色,一听这女子说和丈夫走散了,心中一阵窃喜,就装出一副老好人的样子说:"现在夜已经深了,你还是先跟我回府,明天再来找你丈夫。"刘娘子看他是个大官儿模样,说话也还不错,应该不会骗自己,眼看着街上的人就要走光了,多半是等不到张院公和梅香了,没法子,就跟着他来到赵王府。

进了王府,赵王便吩咐丫鬟把刘娘子领进后面卧房里住着。这刘娘子刚进屋还没坐下呢,赵王就跟着进屋来,转身把门闩上了。刘娘子见他不怀好意,吓得跳到床上退到床角,哭道:"大人,你想干什么?我已经是嫁了人的人啦!大人请自重!"赵王见她哭的样子也是这样可爱,心里更加欢喜,更凑上前来说:"小娘子不必害怕,我是赵王爷,当今皇上是我哥哥。你要是愿做我的妃子,保你有一辈子享不尽的荣华富贵;你要是不答应,就休想出这个门!"刘娘子听他说是赵王爷,知道他权大势大,他既然说得出也就做得到,自己这下是别想清清白白走出这王府了,想走走不成,想死死不了,心里害怕,没办法只好顺从了这奸王。这天晚上赵王就在这屋里睡了,当真是享不尽的温柔蜜意,赵王十分高兴。于是这刘都赛就在王府里面给赵王做了小妾,赵王倒是十分疼爱她。

再说张院公他们与刘娘子走散后,在城里找了半夜,也没找到,只好赶紧回家去禀告师大官人。师家一听说刘娘子走丢了,大吃一惊。金保不住要妈,婆婆没法子,只好想尽办法来哄住了。师官受则赶紧带着家人,进城去寻找娘子,可是在街上一连找了好几天,也没找到。后来他听人说刘娘子好像在赵王爷府上,可是说的人也不敢肯定。师官受不愿放弃希望,远远地在赵王府门前转了几天,可是侯门深似海,他一个平民百姓也不敢靠近,更不敢进去。

转眼间一个月过去了,刘娘子在赵王府虽然享尽了荣华富贵,但她日夜想念婆婆、丈夫和儿子,时刻想着怎样才能找个机会逃出王府,每每想起当初婆婆的劝诫,就不住地懊悔,骂自己不该贪看灯会,惹出了这样的灾祸。怎奈这赵王府是好大一座深宅大院,自己连在哪儿都不知道,更别说要闯出去了,苦苦思索还是没有法子,只好暗自落泪。这一天,天上的太白金星下凡,知道了这件事,有心要帮这刘都赛,就摇身一变,化作一个小飞虫儿,打窗户缝儿里钻进刘娘子房里,把她穿的那件织锦的衣服给咬烂了。第二天,刘都赛发现自己这衣服竟叫咬出好大个洞来,心里气恼,心想自己已经落了难了,这小虫子竟然都和自己作对,更加愁眉不展了。赵王见她不高兴就问她怎么了,刘娘子就把这事说了,王爷一听,哈哈大笑:"这有何难?我这王府里最不缺的就是银子,赶明儿个找个工匠给你织一件新的。"第二天,这赵王爷便叫人贴出告示,王府里要请会织锦的工匠。师官受正愁进不去王府,打听不到妻子的消息,见了这个告示,便告别了母亲,带了织锦的工具,来到赵王府拜见赵王爷。赵王爷就吩咐他:"你既然会这手艺,就在我这府中按着样子再织出几件来,织得好了,本王重重有赏。"师官受就去王府东廊下去忙活去了。这时有丫鬟和刘娘子说,王爷为了讨她欢喜,已经请了织锦的工匠在东廊下开工给她赶制新衣了。这刘娘子一听,心想:这西京只有师家会织锦,我那小叔子师马都现在去了扬州,还没有回来,莫非来的是我丈夫师官受? 她就趁着那赵王喝醉了酒正在床上呼呼大睡,偷偷来到东廊下瞧,一看果然是自己丈夫。师官受也看见了妻子,于是夫妻两个见了,抱头痛哭。周围的人不晓得是怎么回事,都很吃惊。赵王睡了一觉,酒醒了起来时却不见了刘娘子,就问侍女,那侍女说娘子在东廊看工匠织衣服。这赵王就来东廊找刘娘子,正好撞见刘娘子在那里和师官受抱着哭诉这一个月来的种种经历。赵王见了,不禁大怒,冲上去打了刘娘子两记耳光,让家人把她拖走,然后,让几个如狼似虎的家丁把那师官受拿绳子绑了个结结实实,拖到后院,一阵乱棍给活活打死了。

赵王见打死了师官受,怕师家来找自己要人,再惹出事来反而不好。这奸王可也真是够狠毒的,他就想索性一不做二不休,把那师家全都给杀了,好斩草除根,免除后患,便点了几百家兵,连夜赶到棋盘巷,把那师家围了个水泄不通,便在里面大开杀戒,把师家上上下下大大小小十几口全都给杀了,然后又放了一把火,把房子给点着了,好不留一点儿痕迹。也是巧了,这王府的人来之前,张院公带着小主人金保到街上买米糕,没有在家,等他们回来一看,院子里横七竖八的到处都是尸体,血流得到处都是,墙头上还有火苗没熄。一转眼之间这师家竟然就只剩下自己和小主人这两个人,都吓得呆住了,那金保更是哇哇大哭起来。还是张院公老成持重,赶忙向邻居一打听,才知道是城里赵王府的家兵干的,他不敢在这里久留,急忙抱着金保逃出去,到扬州找师马都去了。

赵王回到府里,心想:我虽然杀了师家满门,可是听说这师家还有个老二在扬州当织造匠,叫师马都,他要是知道我杀了他全家,一定会去东京告御状,到时候就麻烦了。不如连他也一起杀了,以绝后患,也好高枕无忧。因为这扬州离得远,也不是自己的地盘,总不能还派家兵去杀他,赵王思来想去,有了个计策,要借刀杀人。他就给开封府的监官孙文仪写了一封信,派人星夜送去,就说那师马都惹了自己,要孙文仪替自己想个法子把他给除了,日后少不了他的好处。这孙文仪自打结交了这赵王就巴不得天天去王府里伺候着,拍拍马屁,讨好讨好这当今皇上的弟弟,也好为自己以后往上爬铺路,苦的是自己身在开封府,包大人管得严,自己不能总去西京跟赵王请安,每日里愁的就是没有机会讨好赵王,这天得了赵王的信,要在赵王跟前卖弄自己的手段,好讨赵王欢心,便立即派了几个心腹差役,瞒着包公去扬州捉拿师马都回来。

师马都是个孝子,和哥哥师官受也是兄弟情深,自己虽然身在扬州,可是总是挂念着家里。师家出了事之后,师马都就总是觉着不自在，一天晚上还做了个噩梦，梦见自己家里人身上全都带着血来见自己，当时就被惊醒了，就再也睡不着了。他心想：难道是家里面出什么事了？等天一亮就上街去找人称刘半仙的算命先生给自己算一卦，这刘先生摇了一卦，一看，大惊失色道："这卦是大凶之卦啊！您家里人是遭了难了！"师马都一听，大哭起来，再也没有心思在扬州待了，也顾不得这里的生意，立马就去雇了一匹快马，不顾一切地朝家里赶。这师马都快马加鞭，日夜赶路。走到马陵庄时，迎面碰到张院公抱着小金保。张院公见了二主人，上前扑通一下跪倒在地，大哭起来，把师家惨遭灭门之祸的事说了一遍。师二郎一听自己家里人都没了，大叫一声，昏死过去。张院公赶紧去路边客店里要碗水来喷醒了，师马都拼命止住哭泣，擦了擦眼泪说："这赵王也忒歹毒了，听说开封府包大人不怕这些权贵，最能为民做主，咱们这就上开封府告这奸王去。"便同张院公带着金保朝开封府而来。

他们一行人到了开封，找了一家客店住下，写好了状子。第二天，师马都便去开封府告状，让张院公在房里照看着小金保。在路上，正好碰上孙文仪，这孙文仪骑着马，带着几个差役迎面走过来。这些差役中有人认得师马都，便指给孙文仪看。孙文仪一听是师马都，连忙叫差役把他抓住了，押回府来，胡乱问了他个冲撞官员的罪，也容不得他辩解，就给乱棍打死了。孙文仪让手下搜搜师马都的尸首，找出一张状纸来，一看，正是告赵王的状子。孙文仪惊出一身冷汗来，心想：多亏今天让我碰到，否则叫他在包大人那里告上一状，岂不坏了赵王的大事？可怜这师马都就这么不明不白地给打死了，包公府里容不得有这样草菅人命的行径，孙文仪怕包公知道此事，就想毁尸灭迹，找了几个心腹差役把师马都的尸体放进一个大篮子里，上面盖上黄菜叶，让他们抬出府扔到河里去。

这时，包公恰好从府里出来，走到西门坊，他这胯下的马突然不走了，任凭怎么鞭打，就是不往前去。包公知道这里面肯定有隐情，就说："本官这马是通灵的，有三种情况它不走，一是当今皇上上了街时它不走，二是皇后太子上了街它不走，三是有冤死的可怜人它不走。你们几个快去四处查查，看有什么冤情没有。"张龙、赵虎赶忙去附近查看，一会儿就回来说前面小巷里赵府上的几个人抬着一篮子黄菜叶，在那里躲着，说是要抬到河边去倒。包公觉得这事蹊跷，一篮黄菜叶扔到垃圾堆里便是，为什么绕远扔到河里呢？便下令将那几个人带来问话。一会儿那几个人就被带到包公跟前，包公问道："你们这是干什么呢？"这几个人一见包公，心里发慌，忙按照孙文仪交代的说："刚才孙监官出府时，看见小的几个正要把这厨房择下来不能吃的黄菜叶丢到街上，骂我们不该把垃圾堆在衙门口上，有失体统，让我们扔到河里去。"包公疑心这里面有什么玄机，就说："正好，我夫人病了，就想吃这黄菜叶，你们把篮子抬到府里去吧！"这几个人一听，吓出了一身冷汗，可是这是包大人的命令，又不敢违抗，只好把篮子又抬回府里。包公叫人赏了他们几个几贯钱，吩咐他们回去时就说把菜扔进河里了，不能说抬到这儿来了。如果被人知道包公竟给夫人吃黄菜叶,人家会笑话的。几个差役就拜谢了去了,谁也不敢乱说。包公让张龙把黄菜叶都扒出来,下面竟然有一具尸体。包公想:这人一定是那孙文仪害死的,不然他为什么要毁尸灭迹?就让差役们把尸体抬去停放在西牢里。

张院公在客店里带着金保左等右等就是不见师马都回来,心里放心不下,就带着金保寻到开封府来。张院公虽然老了,可是对主人家一向是忠心耿耿,这时见主人家人都快死绝了,二主人又不知道在哪儿,心里悲痛,见开封府衙门前廊下放着一面鸣冤鼓,就壮着胆子上去击鼓鸣冤,要给主人家寻个公道。守门的差役见有人鸣冤,连忙去禀告包公。包公让带他们进来,差役把张院公和小金保带到堂上。包公见是个老汉带个小孩子,就问:"你们有何冤枉?尽管说来,本官给你们做主。"张院公便把师家惨遭灭门之祸的事说了一遍。包公问:"这娃娃如何能逃得性命?"张院公说:"天幸我家小主人那天因为思念母亲哭个不停,老汉就领他出去买米糕吃,这才拣得一条命回来。"包公又问:"那师马都现在何处?"张院公说:"我那二主人今天起了大早到您府上告状,不知为啥,一直没回去。"这时,包公已经明白了七八分,知道自己今早见着那尸首多半就是师马都了,就叫差役带张院公到西牢里去辨认尸首。张院公来到西牢里一看,正是自己那二主人师马都,他见如今二主人居然也死了,心里更加悲痛,就高声哭了起来,那小金保也呜呜咽咽地哭起来。包公见这张老头哭得凄惨,小金保更是可怜,这师马都又是在自己府上叫人害的，就要救这师马都还魂，于是他急忙命手下备马去城隍庙，在那神像前焚香祷告到："今有师马都在我开封府里被奸人害死，着实可怜，还请神灵垂怜，放了师马都的魂魄回来让他还阳，不然就别怪我包某人手辣，这样无情无义的神仙，要你何用，明儿个我就来拆你这庙！"祷告完就回府了，也是这师马都命不该绝，这夜三更时分，竟然又活过来了。第二天狱卒忙把这等怪事来报知包公，包公便命他带那师马都上堂问话，师马都就哭诉了自己被孙文仪打死的来龙去脉，包公命他先在府里住着，养着身子。

这个案子如今已经问得很明白了，那赵王就是罪魁祸首，可是他是当今皇上的亲弟弟，如今权倾朝野，自己怎样才能扳倒这棵大树，这可让包公费了很多心思：赵王身为皇亲，目无国法，强抢民女，滥杀无辜，罪在不赦。但是赵王如今人在西京，要是我发个文书让差役们去西京抓他，事情张扬出去，皇上定然要为他开脱。不如把赵王骗到开封来，先办他的罪，再去禀告皇上，来个先斩后奏。包公摸着胡须，略一思索，计上心来。

第二天，包公就开始装起病来，躺在床上不起来，一连几天都不上朝。这包公是当今皇上宋仁宗最喜欢的大臣，每每称赞他是国之栋梁，朝中柱石，十分看重他，这时听说包公病了，闷闷不乐，就和满朝文武大臣商议。有大臣就说皇上可以派御医去给包公看病。仁宗皇帝一听，觉着这主意不错，就命令太医院找最好的御医去给包公诊治。这包公是装病啊！当然不能让这御医见着，就让包夫人出去应付这御医说："御医大人，我夫君如今病得厉害，怕见生人，就不要看了吧？"这给包公看病是皇上亲自交代下来的差事，这御医不敢怠慢，哪能来了不看病就走，到时候皇上也不答应啊！这御医没法子，就拿出根金针来说："不见也可以，请夫人进去把这根金针扎在包大人胳膊上，牵一根红线出来，咱们来个悬丝诊脉，我在外面把脉，就能知道包大人是什么病症。"包夫人见这御医坚持要看，就进去把这金针扎在屏风上，扯根红线出来，御医在外面一号脉，吃了一惊，一点儿脉搏都没有，还以为包公已经死了，赶忙告辞回宫，向皇上报告去了。包公见御医被骗走了，就和夫人商量："你明天拿了我的官印进宫去见皇上，就说我已经死了，圣上肯定问我有没有交代什么后事，你就和他说我只是推荐了现在西京的赵王爷，为官清正，可以来接任这开封府尹。"第二天，包夫人抱了官印，一路哭着上朝，向仁宗皇帝禀告包公的死讯。皇上和满朝文武大臣听说包公真的死了，都很悲伤，皇上问："包爱卿临死时有什么遗言留下来没有？"包夫人说："我那夫君临死时说西京赵王为官清廉，可以让他来接任开封府尹。"仁宗皇帝早就有心要提拔自己那弟弟，可是他虽然是皇亲，却没建立过一点儿功业，害怕众人不服，这时听说包公临终时举荐赵王做开封府尹，非常高兴，就派了大臣去西京接赵王回京。

这赵王在西京接了圣旨，听说包公死了，自己这平日里最怕的对头没了，他临死时居然还举荐自己去做开封府尹，现在皇上已经准了，喜出望外。赵王巴不得立马飞到京城里去上任，便吩咐家人赶快收拾东西，点起船只，一路浩浩荡荡地来京赴任。赵王到了京里,赶紧进宫去拜见皇上,他这皇帝哥哥告诫了他一番,就让他赶快去衙门里上任,赵王拜谢了出宫。第二天,赵王和那早跑到跟前拍他马屁的孙文仪一起带齐了人马,威风十足地去开封府衙上任。一路上吵吵嚷嚷,吓得老百姓们纷纷关门闭户,都躲了起来。赵王在马上见了,不禁大怒,喝道:"你们这些百姓一点儿规矩都不懂。本王辛辛苦苦地远道而来给你们当官造福,你们不但不出来迎接,反而都躲起来,真是扫老爷的兴。我自己也就不说了,我这些手下们一路过来,不停奔波,辛苦得很,你们每家各交一匹锦缎来犒劳他们。"实际上谁都知道是他自己想趁着上任大捞一笔,东京城的百姓们不禁叫苦不迭。一队人马耀武扬威地来到开封府,这赵王带着孙文仪大模大样地走上大堂,看见堂上挂着孝布、长幡,大堂中间还摆着一口棺材,就怒气冲冲地问手下的人:"这是怎么回事? 真是晦气!"随从赶紧说:"这是前任包大人的棺木还未出殡。"赵王皱着眉头说:"我选今天这好日子来上任,这死鬼包黑子怎么还不出殡?"张龙、赵虎听他骂得难听,都恼他对包大人不敬,和他怒目相对,赵王骂道:"该死的奴才,见了老爷怎么不跪?"他们两个哪吃他这一套? 赶忙到后堂去禀告包大人,包公让他们出去小心准备刑具,一会儿好捉人。包公又请夫人出去和那赵王说,只说还要半个月才能出殡,这赵王一听,更加恼怒,嘴里就不干不净地骂了起来。哪知他还没骂几句,包公突然就从后堂转出来了,大喝一声:"赵王,你认得我包黑子吗?"赵王见包公突然出现,吓了一跳,还以为是活见鬼了,顿时吓得魂不附体。包公便吩咐张龙、赵虎关上大门，把赵王和孙文仪两个都给捉了，一个关在东牢，一个关在西牢。

包公叫人把堂上设的棺材、孝布及长幡什么的都撤掉，立即升堂来审案。包公叫人把赵王和孙文仪都押到堂上跪下，只见这大堂上两边站着一帮子如狼似虎的差役，手里都拿着水火棍，口中高叫着"威武……"两厢还摆着各式各样的刑具，包公在案子上供着皇上给的圣旨牌，有了这圣旨牌，任你是皇亲国戚，只要你犯了法，包公也敢取了他的性命。赵王见了，心里就有些发慌，可是还是自恃是当今皇上的亲弟弟，想着包公也不敢把自己怎么样，大不了请皇兄下道圣旨赦免自己就是了，就在那里故作镇静。包公命张院公和师马都上堂来指证。差役们早打孙文仪身上搜出了师马都当初被拿去的状子，师马都就把这状子在大堂上高声念了一遍，念完倒头跪下："小人身负血海深仇，求包大人给小民做主！"这赵王才开始还不招，只说自己见都没见过什么刘都赛，更没杀人。包公见他如此嘴硬，就吩咐架起刑具，严刑拷问。那赵王是金枝玉叶，打小就在福窝子里长大的，哪儿受过这份罪，开始时还仗着自己是当今皇上的亲弟弟，把包公骂个不停，后来就只有鬼哭狼嚎的份儿了，直打得他是皮开肉绽，生不如死，实在是忍受不住，没办法只好叫道："赶快停了吧！我招，我招！"包大人叫停止行刑，赵王就招了自己强占刘都赛，打死师官受，血洗师家的罪行。包公叫写下供词，让他签了名字画了押，做成个真凭实据。包公又来审问孙文仪，这孙文仪见师马都居然没死，还好端端地站在大堂上，知道这事包不住了，又见赵王都给包公打得屁滚尿流的，心里害怕，知道自己是抵赖不过的，就只好把自己徇私枉法，打死师马都的罪行招了。包公也叫取了他的供词，让他画了押。包公当堂判了两人死罪，为免夜长梦多，下令刽子手立即把他们两个押出去斩首，自己亲自监斩，于是那刚才还在开封府大堂上作威作福的赵王爷和孙文仪转眼之间就成了刀下鬼。

　　第二天，包公上朝向宋仁宗禀告此事，向皇帝请罪。仁宗皇帝虽然死了弟弟，可是一看他的供词，知道他实在是罪无可恕，自己也很气愤，就和包公说："朕听说你死了，非常伤心，原来爱卿是为这个案子诈死。我那弟弟和孙文仪目无王法，滥杀无辜，实属罪有应得，我不会怪罪你的。"包公见天子宽宏大量，就又上前奏道："臣如今保举那小金保进王府里读书，等他长大了，要是能成器，就让他来做西京府尹，也好告慰那师家冤死的大大小小十几条人命。"仁宗皇帝也觉着这小金保可怜，就准了。包公拜谢了皇上，退了朝，回到府里，找来师马都、张院公和小金保，好好安慰了他们一番，把圣旨和他们说了，三个人都感激不尽。包公又判将赵王府的一半财产充公，一半赏给张院公，表彰他有情有义能为主申冤。至于刘娘子，不该不听婆婆劝告，擅自去看灯，竟然惹出这么多是非来，虽非有心，但着实可恶，就吩咐手下打了她四十大板，叫师马都领回去好好管教。

　　百姓们见包公居然扳倒了当今皇上的亲弟弟赵王，为民申冤，实在是大快人心，都称赞包公是个为民做主的好官。

包公监斩赵王爷

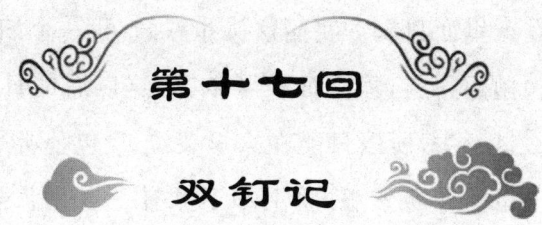

第十七回

双钉记

话说包公做开封府尹镇守东京时，勤于政事，断案又明，治下倒也清静，当真是太平世界，繁华年景。

宋仁宗皇祐元年正月十五上元佳节，包公带了全府上下大小官员去城隍庙上香。进香已了，众人回府时经过白塔前巷口，听到有女人为丈夫哭丧的声音。包公仔细一听，这哭声中没有半点儿哀痛之情，却是悲中带喜，似哭实笑。包公听了感觉很奇怪，心想这事儿该当问个明白，里面多半有什么不明不白之处。一回到衙门，包公就叫来当班的差役郑强问道："刚才在白塔前巷口，本官听到有个女人在哭，她哭的是哪个？"郑强回说："谢家巷口的刘十二前几天死了，他老婆阿吴整日在家里哭个不休。"包公心想，这刘十二一定是死得不明白，莫非是这女人害了丈夫的性命，要不然的话，怎么她哭不像哭，反倒像笑？想到这里，包公便让差役传那阿吴来堂前问话。

一会儿，那阿吴被带到堂下。包公问道："阿吴，本官问你，你丈夫是怎么死的？"阿吴回道："我丈夫刘十二本来是以卖菜为生的，上个月却突然得病死了，埋在南门外五里牌后面。现在家里面只剩下我们这孤儿寡妇,我一个妇道人家又不好出去抛头露脸,家里面没了依靠,这以后的日子也不知道该怎么过下去,所以只能在家里哭泣。"包公听了这话,再看她身上虽然穿着孝服,脸上却不见有一点儿悲苦之色,反而可以看出有涂脂搽粉的痕迹,心想:你这不要脸的女人,正为丈夫守着孝呢!怎么还有心思去整饰容貌?这其中定有隐情!想到这儿,包公冷笑一声:"哼哼!你这婆娘不老实!"便吩咐手下的衙役头目陈尚将阿吴锁了,再带几个差役押她去城外五里铺开棺验尸,看这刘十二身上有没有伤痕。

陈尚带了人来到刘十二坟前,几个人七手八脚地掘开坟墓,打开棺材查验了刘十二的尸体,没发现伤痕。陈尚就回来禀告包大人说:"回大人,小的已经验过了,那刘十二身上并无伤痕,想那妇人所言病死当是实情。"包公一听,拍案大怒:"好你个陈尚!看来你定是得了那妇人的好处,和她串通好了,隐瞒实情,来蒙骗本官。现今给你三天时间,如若还查不出真相,本官决不轻饶!"陈尚看包大人发怒,哪敢再辩解,只好退了出去。

陈尚心想莫不是我瞧错了,就带了几个弟兄又回到坟地,把那刘十二的尸体又仔仔细细地查验了一遍,还是没有发现伤痕。陈尚心想这可奇了,这刘十二身上明明没有伤痕,包大人怎么平白无故说我与人串通?这还好说,只是这三天期限转眼就到,到时包大人若是问起,又该如何是好?想到这一茬儿,陈尚心中总是惴惴不安,回到家里,真个是愁眉不展,茶饭不思,每日里只是唉声叹气。这陈尚的妻子阿杨瞧在眼里,心疼丈夫,便问他因为什么事情忧愁,陈尚就把这没头脑的事情告诉了阿杨。阿杨一听,知道包大人向来令出如山,绝无戏言,心中也很着急,略一寻思说:"你查过他鼻孔没有?"陈尚说:"这人是我亲自查验的,不过还真没有查过鼻孔。"阿杨说:"我听人说过,把铁钉敲进人的鼻孔,能坏了人的性命,还不留一丝痕迹。夫君何不去查查他的鼻孔?"陈尚本来想你一个妇道人家,知道个什么,不过现下自己正是无计可施的时候,索性死马当活马医吧!虽然不很相信,可还是按照阿杨说的,去查验刘十二的鼻孔。这不查不要紧,一查之下,众人都吃了一惊,这刘十二鼻孔中居然真有两颗铁钉,一直插到后脑,这铁钉虽然已经锈迹斑斑,可是也有四五寸长,插进人脑里,人还能有个活?陈尚取出了铁钉,赶紧回来向包公复命。

包公听陈尚禀明了情形,又查验了铁钉,便让差役押阿吴上堂。包公一拍惊堂木,喝道:"你这刁妇,你丈夫刘十二究竟是怎么死的?还不从实招来!"不想这阿吴装作若无其事的样子说:"我丈夫确实是病死的,请大人明察。"包公见她狡赖,便将那两颗铁钉丢到她面前说:"好你个贼婆娘,你丈夫既然是病死的,那你瞧瞧这是什么?"阿吴一见铁钉,心知大事不好,不免有些惊慌,身子也禁不住发颤,可是还是推说不知,这一切都被包公瞧在眼里,心想:这就是了,你这贼妇定然脱不了干系!包公再三讯问,可是这阿吴当真嘴硬,只是不招。包公见她还想狡辩,不由得大怒:"看来不动大刑,你是不招啊!来啊!左右把夹棍往她身上招呼!"就令左右动刑。众衙役大喝一声，围了上来，抖开夹棍，片刻间就给那阿吴上了刑具。只听得大堂上众衙役喝声不断，只是用力扯那夹棍，那阿吴呼天抢地，叫得凄惨。一个女子家哪受得住这等大刑，没夹得两下，这阿吴就叫道："包大人，别夹了，我受不住了，再夹我就没命了呀！我招，我招！"原来，这阿吴平日里不守妇道，和邻居张屠户眉来眼去，勾搭成奸，每每趁刘十二外出卖菜时在一起鬼混。他二人这事只闹得街坊间风言风语不断，那刘十二虽然还不知道，可是传到他耳朵里也只是早晚的事，两人一合计，索性一不做二不休，便要害刘十二的性命。那日里恰好刘十二早起收菜受了风寒，迷迷糊糊正躺在床上发汗，他二人便用这一对铁钉合力害死了刘十二，对外却只推说刘十二的病突然转成急症，还没来得及请郎中诊治就断了气。包公急忙命令衙役去抓张屠户来堂上，这张屠户来到堂上，没审问几句，他见阿吴已经招供，便如一个泄了气的皮球，不敢硬撑，也只好招认了。等俩人在供词上画了押，包公下了判词："阿吴谋害亲夫，罪大恶极，押赴刑场处斩。张屠户与阿吴通奸在前，害人性命在后，该当发配边关充军。"

判断完毕，张屠户就被解去充军，阿吴却被当街处斩。众人看了，或者感叹淫欲之害人，或者感叹刘十二好人难得长命，而说起这铁钉杀人之法，却没有一个不心惊肉跳的，只骂这两人手段实在是残忍，当真是闻所未闻。包公听了众人言语，心里也寻思：这等毒辣的杀人法子，饶是我断了这么许多案子，也从来没见过，也不知道这陈尚又从何得知？

不承想,包公这心念一动之间,竟然又牵出一件陈年旧案来。

包公心念既动,便叫人唤了陈尚来问话:"陈尚,这次你立功不小!却不知道是谁教你这样查验的?"陈尚见包大人心明眼亮,一上来就看出破这案子不是自己能力所及的,心里更加佩服,回道:"当日里小的领了大人之命前去查验那刘十二的尸体,当时并未发现伤痕,大人您说这事要着落在小人身上,要是查不出就拿我问罪,我回到家里好不忧愁。不想小人的老婆阿杨倒还有些见识,教我如此查验,没承想果然弄了个明白。"陈尚此言刚了,堂上一班人就一起说:"既然陈大哥家嫂子这样有见识,想来也不是个等闲妇人,大人您平日里赏罚最明,今天破这案子全靠她了,就请大人支些酒钱赏给阿杨吧!"包公道:"你们大家所言有理,这也是应该的。"就差人叫了阿杨来领赏。不多时,阿杨就来了,包公当堂赏给她大钱五贯,老酒一瓶,阿杨见是包大人给的赏赐,欢喜得不得了,当即就拜谢了包大人领受了。这阿杨欢欢喜喜的正要出衙门时,却被包公叫转回来,问她:"当初你与你相公陈尚是结发的夫妻啊还是半路的夫妻?"阿杨回道:"小女子前夫早逝,是再嫁与陈尚为妻的。"包公又问:"不知你前夫姓甚名谁?""姓梅,名唤小九。"包公略一沉吟:"不知他是得了什么病死的?"阿杨见包公问得紧,心里面一惊,脸上不觉失色,原来她之所以知道这铁钉插鼻杀人的法子,就是因为他前夫正是她用相同的法子给害死的,那天见陈尚被包大人逼得急,自己也没想太多,就给说出来了。阿杨心里不住地骂自己：叫你逞能，这下好了吧？报应来了！真不该替丈夫出这主意，现在都怀疑到我头上来了，好你个包黑子，算你有本事，这都叫你想到了！这几贯钱还不如不拿呢！阿杨心里都转了好几个弯了，也没想着个好说辞来应对，没办法，只好勉强说："民妇的前夫是得了疯癫症，后来就病死了，埋在南门外乱葬岗上。"包公知道她说得肯定不是实情，心中便有了计较：这么说来你这前夫也是死得不明不白了。

包公心里有了主意，便差王亮押了阿杨去乱葬岗上开棺验尸。阿杨一听要验尸，吓得面无人色，却故做镇静，心想：乱葬岗上无主的坟包多的是，他们认得哪个？我随便指一个糊弄过去也就是了。众人来到乱葬岗，阿杨胡乱指了一个坟说："这便是我前夫梅小九的坟。"几个衙役当即挖开坟墓，撬开棺材，仔细查验尸体，却只见身上并无伤痕，鼻孔里也没有铁钉。阿杨故意哭哭啼啼地说："人们都说包大人断案如神，今日却冤枉我这个老好人，还搅了我那已经入土为安的前夫的清静，还怎么称得上明镜高悬？"王亮见什么也查不出来，这阿杨又不住地啼哭吵闹，也是无可奈何，只好准备押了她回去复命。

这时，忽然有一个老人拄着拐杖朝他们走过来，对王亮作了个揖说："公差老爷在这里所为何事？"王亮一见，连忙回礼道："老丈不必多礼！包大人知道那梅小九死得冤屈，如今我们受了包大人差遣，前来查验他的尸首，却并没见着伤痕，也不知道这是不是梅小九的尸骨。不知老丈可知道这里哪个是梅小九的坟墓？"老人听罢，指着阿杨骂道："你这贼婆娘,休要再乱指别人的坟墓,让别人尸骨不得清静,也让公差老爷一班人跟着受罪!"阿杨见了,哪敢再说话。老人带着王亮他们来到一个坟包前道:"上天见这里怨气冲天,知道是那梅小九死得冤屈,正要包大人与他申冤。上天可怜梅小九,又恨这蛇蝎心肠的妇人心肠歹毒,特地派了我来向你们指示他的坟墓,好让包大人为他做主。喏!这就是梅小九的坟墓了。"说罢,这老头就化作一阵清风而去。众人这才知道他是上天神明显灵,当即跪倒拜了几拜,便又掘开坟墓验尸,一查之下,果然在鼻孔中发现了两颗铁钉。王亮拿了铁钉做证据,就押着阿杨回开封府复命,向包公禀明了一切。阿杨见已经查验得明白,不敢再多狡辩,有如一滩泥一样瘫倒在地,只得招认了自己当年谋害亲夫的罪行。包公当即下了判词,将阿杨绑赴刑场处斩。众人见了,无不拍手称快,都称赞包大人断案如神。

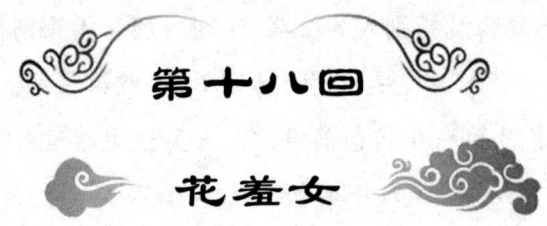

第十八回

花羞女

　　话说这东京城里有一个富家大户,这家的主人姓潘名源柳,是个厚道长者,家里祖上也是高官显宦,只是到他这一辈儿上已经仅仅是家里比别人家多些钱财罢了,并没有一人在朝为官。不过这潘老儿一直念着祖上的风光,心想着多亏了祖上积德,出仕为官,有道是"三年清知府,十万雪花银。"不然自己怎么能像如今这样富有?就每日里督促着自己的独生儿子在县学里读书,指望着将来也能考取个功名,好光宗耀祖。这潘老儿的儿子名叫潘秀,是个翩翩美少年,生得十分英俊,而且他聪明伶俐,书也读得很不错,所以潘老儿也十分疼爱他。

　　这年清明节时,潘老儿又像往常一样要上祖坟上去祭拜祖宗,本该带儿子一块去的,可是他怕耽误了儿子读书,他交代了潘秀几句,让他在家里好好读书,自己上坟时和祖宗们说说,就说他忙着读圣贤书求取功名,好为祖宗们长脸,就不来了。于是潘老儿就拿着准备好的祭品、纸钱出去了,留下潘秀一个人在家里。

　　这潘秀见爹爹上坟去了,没人管他,就不愿意好好读书了，拿出一对儿象牙雕刻的小球。这牙球是当初潘家祖上在朝里做官时真宗皇帝御赐的，十分稀罕，潘老儿平日里都是把它放在案子上供着，看得紧紧的，这时潘秀见爹爹不在，就拿过来到外面玩去了。这潘秀在街上玩这一对儿牙球，忽然瞧见对门刘老儿家的门上挂着帘子，下面露出红裙，裙下又露出一对儿三寸金莲。潘秀正是年轻气壮的时候，本不知情为何物，但是不知道为什么，一见了这对儿金莲，不禁心神荡漾，为之意乱神迷，就想要见见这穿红裙的小娘子。可是男女本是大防，自己怎好冒昧上去求见？于是就拿着这对儿牙球在刘家门口晃荡来晃荡去，可是就是想不出什么法子，只有在这里发愁。这时，有个潘秀小时候的玩伴名叫王贵的路过，看见潘秀在这里晃荡，就和他打个招呼，一下子把潘秀从思绪里拉了回来，失魂落魄地和他搭话。这王贵见潘秀有点儿奇怪，就问他是怎么了，这潘秀就很不好意思地把自己的心思和他说了。那王贵一听，却说："你要见这小娘子，有何难处？"原来这王贵虽然是潘秀小时玩伴，可是家境不好，也没念上几天书，早早地就出来讨生活，可是他却是个游手好闲的主儿，所以现在只好在街上做个泼皮无赖，别的不行，要耍小聪明他最在行了，当时就教潘秀："你这不是拿着两个牙球吗？你就只当是闲玩，把这牙球往那门里一抛，到时候就可以过去以捡球为名掀起帘子，你便能见着那小娘子了。"潘秀恍然大悟，赶忙谢了王贵。

潘秀得了王贵指点，就依了他之言，把这小小牙球抛着玩，突然只说自己脱手，把那球儿抛向刘家门里，只见这牙球果然直滚向帘子里,潘秀喜不自胜,赶忙过去挑起帘子,要见这小娘子。等他一见这小娘子,顿时惊为天人,只见这小娘子年纪也不过十五六,却长得美貌绝伦,当真是闭月羞花,沉鱼落雁,直把潘秀都给看呆了,半天才醒过神儿来和那小娘子作揖行礼,便问那美娇娘名字,只见那小娘子轻启朱唇道:"小女子就是这刘家的女儿,名叫花羞。"原来这刘老儿因为喜欢这女儿,就给她起个名字叫花羞,结果果然人如其名,生得是如此美貌。那小娘子见这个年轻后生生得如此英俊潇洒,心里十分喜欢,就问他:"小郎君为何到此?"潘秀见他问起,心里害羞,不敢说是只为了看她一眼,就唯唯诺诺地说:"因为我闲耍时把这牙球不慎抛到您这里来,所以过来捡取,不小心冲撞了小娘子,还望你不要怪罪!"那小娘子咯咯笑道:"幸亏今天我父母出门扫墓去了,才能与你相逢,这也是咱俩的缘分,小女子愿准备一壶酒与郎君同饮,不知郎君可否赏光?"这潘秀本来为着自己使这样龌龊伎俩来戏弄人家一个小娘子而十分拘谨,哪知这小娘子竟然如此大胆,这时倒有些害怕,不知道自己该不该答应。哪知这花羞女见潘秀不回答,还以为他不愿意来,就扯住他说:"你要不来,我就让我爹爹送你去见官。"潘秀没办法,只好随她去了。于是两个人就在这花羞女的闺房里推杯换盏,喝了起来,不一会儿,两个人都微微有些醉意。正所谓酒壮熊人胆,这潘秀本就对花羞女有意,花羞女也觉着潘秀不错,于是两个人就把自己的生辰年岁说了,互相道出了自己的心思:既然你未嫁,我未娶,何不两家派媒人来撮合撮合,结为夫妇,以成百年之好?

两人就这样私定了终身,约定了潘秀回家之后就找人来花羞女家提亲,一个要非你不娶,一个要非你不嫁,山盟海誓,决不背弃。眼看时间已经将近晌午,这刘老爹一会儿就要回来,被撞见了反而不好,两人这才依依不舍地分别了,临别时花羞女拿话反复叮咛潘秀,叫他早早过来迎娶,切不可背约让自己在这里空等。

潘秀回到家里,因为心里有了花羞女,魂随梦牵,寝食难安,也就再也容不下那圣贤书了,每天虽然还是老样子去学里读书,可是每天听那先生讲课只是左耳朵进右耳朵出,没一点儿长进。渐渐地这潘老儿也发觉自己这儿子有些不对劲儿,怎么现在一天天精神恍惚的,跟没了魂儿似的?往常的精神头儿是一点儿也没了,潘老儿非常着急,心想这老潘家还指着这孩子光宗耀祖呢!怎么现在成了这个样子?于是就总拿话来敲打他,可是也没有效果,他还是老样子。终于有一天,潘老儿又看见他拿着一本《四书五经》在那里发愣,半天只是傻傻地看那一页,心里来气,就把他叫到自家大厅里,让他朝上面供着的祖宗牌位跪了,手里拿着棍子就要行使家法。潘老儿才拿棍打了几下,那边潘夫人就看不下去了,毕竟儿子是娘的心头肉,哪舍得让他受这活罪?赶忙上去抢下了潘老儿手中的棍子,哭着对潘秀说:"儿啊!你最近到底是怎么了?你有什么心事倒是和为娘的说啊?"一边劝丈夫,一边把潘秀数落个不停。潘秀见父母如此牵挂自己,心里实在过意不去,没法子,只好把自己喜欢对面刘家那花羞女的事儿说了,求父母做主为自己求婚。潘老儿两个这才明白自己这儿子真是长大了,也是该考虑给他说个媳妇儿,好拴拴他的心了,就说:"我儿何不早说?这也不是什么坏事,你既然喜欢她,她也没有许配人家,那我明天就托媒人去给你说去。"潘秀见父母竟然不责骂自己,反而如此支持,非常高兴,心里不住叫好。

第二天,潘老儿就请了这街上有名的媒婆李大脚去刘家提亲。刘老儿也曾见过潘秀,对他印象也很好,觉着这门亲事不错,只是有一件,自己家人丁单薄,只有这一个女儿,若是嫁出去了,将来就没人养老,就和那李大脚说:"潘相公好是好,只是我们家想招个上门的女婿,将来好给我们刘家续香火,你回去和潘爹爹说,看他们肯不肯,要是肯的话,咱们这就可以定下这门亲事。"李大脚见有戏,赶忙回来见潘老儿,和他说了刘家的条件,哪知潘老头一听就火大:"让我家孩子去给你老刘家续香火,你想的可真是美啊!敢情我养儿子这么些年全白养了啊?"就和那李大脚说:"我家也只有一个儿子,怎么可能让他出去做人的上门女婿?我们还指着我家秀儿得个功名好光宗耀祖呢!这刘家肯定是故意拿这个来推托,这亲家是没法做了。"就和潘秀说:"刘家既然不愿意和咱联姻,我儿你不用怕,这京城里有的是好人家的闺女,不比他家花羞女差,我给你做主,再给你订别人家的亲!"潘秀也想,父母辛辛苦苦把我养活大,我至今还未尽上一点儿孝心,怎能为了自己娶妻,就抛父舍母?也不愿意去刘家做上门女婿,可是当一想到不能和花羞女成亲,他又欲罢不能,爱慕之情,难于割舍。这潘秀是左右为难,两边都割舍不下,只能以泪洗面。潘老儿见儿子还有些留恋那花羞女,就让那正要出门的李大脚赶快回来,托她快去找和自己家门当户对的人家的女儿,捡那美貌的来说给自己儿子,要是办得好了,回头必定重重谢她,当即就叫家人称了三两银子送她。这李大脚一见银子,欢喜得不得了,千恩万谢:"潘老爹尽管放心,我一定给您家公子找个家世也好,人也长得好的闺女来,这事儿就包在我身上了!"忙不迭地出去四处张罗去了。不几天,这李大脚就有了消息,今天给说个赵乡绅家的闺女,年方十八,颇有姿色;明天又是孙大户家的女儿,家里钱粮无数,女儿长得也不错……就这么折腾了一个来月,终于由潘老儿夫妇做主,给潘秀定下了城里赵家的女儿,就在这个月十六日成亲。潘秀见家里面给自己把一切都给张罗好了,知道自己要娶花羞女是彻底没戏了,也就断了这个念想。

等到成亲那天,这潘家府上好不热闹,亲戚朋友来贺喜的把院子都挤满了,门口也挤了不少看热闹的闲人。只见唢呐班子吹吹打打地奏起乐来,原来是赵家送亲的轿子来了,披红戴花的新郎官儿潘秀出来欢欢喜喜地迎了进去,乐声仍是响个不停。却说那边花羞女在家里左等右等,就是不见那潘秀来迎娶自己,心里十分焦急,后来听丫鬟说潘家曾派了李大脚来说媒,不过后来不知为何就没下文了。花羞女也不好意思开口去问父母到底是怎么回事,于是每日里只是把对潘秀的思念藏在心里,把他怨个不停,只怪他不守诺言,让自己苦等。

花羞闺阁念情郎

潘秀娶亲这天,这花羞女也来到自家小楼上往那潘家门口看,只见潘家似乎有喜事,人来人往,非常热闹,就问那丫鬟:"这潘家为何这样热闹?"丫鬟回道:"这潘家公子迎娶赵家小姐,今天正是成亲的大好日子。"花羞女一听,顿时有如五雷轰顶,直觉眼前一片黑:这潘秀果然是薄情寡义,言而无信!一想到当日那许多的甜言蜜语,温情蜜意,只觉越想心中越凉。也是为情所困,已经无法自拔,过了几天,花羞女心里愁气郁积,居然就病倒了,身子眼看着一天天瘦下去。刘家老两口儿见女儿这病来势汹汹,赶忙请了大夫来瞧,可是请了好几个大夫却都瞧不出是怎么回事,原来这是心病,和别的病不一样,根本看不出什么病因来。结果过了一个来月,这花羞女身子骨就再也撑不住,竟然就这样给气死了。真是应了那句老话:自古红颜多薄命!可怜刘家老两口儿,也不知道女儿究竟是为着什么就死了,直把俩人哭得昏死过去好几回,真是把眼泪都给流尽了,可是也没办法,最后只好派家人王温和李辛把女儿埋在南门外。

这李辛把花羞小姐埋了之后,回到家里,心中却总是放不下这花羞小姐的美色,眼见这么个大美人就这么没了,心里十分舍不得,于是就和父母说自己晚上有事,恐怕回不来,就不用等他吃晚饭了,自己却偷偷拿了锄头,要去挖花羞小姐的坟。

李辛在外面厮混到二更时分,看看已经没有人了,就乘着天上的月色,来到花羞小姐的坟前,挥起锄头把坟包给扒开了,打开棺材,只见花羞小姐静静地在里面躺着,虽然已经死去了,可是依然那样美丽,月光照在她的脸上,好像她还活着一样。李辛看着就出了神，突然，这花羞小姐的身子好像动了一下，李辛还以为自己眼花了，赶紧揉了揉眼，仔细一看，哎呀妈呀！这花羞小姐确实在动，而且眼睛也睁开了！莫非是诈尸了吗？李辛心里害怕，想要迈步逃命，可是双脚却好像被钉在地上一样，根本走不动！李辛心里不停祷告：小姐啊！我是因为爱慕你才来看看你罢了，我可没做什么对不起你的事啊！哪知这花羞小姐居然开口说话了："你是谁？我这是在哪里？"李辛见她不像是诈尸，也不是鬼，就壮着胆子说："我是你家仆人李辛，老主人让我把小姐你葬在这里。我因为喜欢小姐，不忍就这样舍弃了小姐，就趁晚掘开坟墓来看，不想小姐你竟然醒来了，实在是万幸！"花羞女已经清醒过来，想起了前天自己被气死的事，就说："前日我因为那潘秀背信弃义，心里堵得慌，居然一口气没缓过来就闷死了，哪知到了阴曹地府，那判官说我阳寿未尽，那黑白无常不该拘我的魂魄来，就让我还魂了。也是你我有缘，幸好有你掘开坟墓，否则我又给憋死了。我已经是死过一次的人了，也不愿回家里去，我又无法报答你的大恩，情愿和你结为夫妇，这棺材里陪葬的衣服首饰就作嫁妆。"李辛听花羞小姐愿意下嫁自己，欢喜得不得了，赶紧收拾了衣服首饰，把坟墓又掩上了，便与花羞小姐一起回家。

回到家，这李辛的父母见儿子这出去一趟竟然带回个如花似玉的大姑娘来，觉着奇怪，就问儿子这是怎么回事，这李辛也不好和他们说实话，只好说："这是我的一个老相好，虽然沦落在青楼里，可是和儿子很好，她现在愿意从良和我成亲,今天就是带回来让您二老看看。"这李家家徒四壁,父母两个正愁没钱给儿子说媳妇,这时见儿子自己领个女人回来,虽然说是曾经沦落风尘,可是看着也还不错,十分欢喜,赶忙摸黑做点儿饭菜来款待花羞女。于是这花羞女就和李辛成了夫妻,两个人倒也十分恩爱。李辛自打那晚之后就去刘家辞了工出来,李家住的离刘家也远,没人知道她是刘家女儿,也就相安无事。李辛把当初在棺材里拿出来的衣服首饰拿出去变卖了,居然换了不少银子,日子过得很不错。

哪知这日子才过了有半年,已经是寒冬时节,李辛家一户邻居家里晚上着火,火借风势,竟然把李辛家的房子也给引着了。李辛和花羞女刚脱衣睡了,就听见有人高叫:"失火了!快救火啊!"两个人赶忙爬起来,也顾不上穿衣服,只穿着贴身的衣服就逃了出来,再扭头看时,自己家的屋子已经是一片火海了。花羞女去找李辛时,却已经找不到了,自己身上又只穿着单衣,寒风吹来,身上冷得直起鸡皮疙瘩,实在是忍耐不住,就有心回去投奔父母。这花羞女忍着寒冷挨到自己家门前,上去敲门。那看门的家人问:"深更半夜的,是谁敲门?"花羞女应道:"我是花羞女,回来见爹娘来了。"这一说,可把那看门的吓个不轻:小姐不是都死了有半年了吗?怎么还来敲门?看来肯定是鬼了!就说道:"小姐,明天我一定去禀报老爷夫人,多给你烧些纸钱,不教你在那头受委屈,小姐还是赶快回去吧!这阳间不是你待的地方!"就是不给开门。花羞女在外面欲进不得,欲退不能,风冷衣单,实在是受不住,又无处投奔,正在发愁,突然一抬头,看见对面潘家楼上还有灯光,便去叩门,指望他若是还有一点儿情分在,就在自己可怜时拉自己一把。那潘家的看门人也问道:"是哪个敲门?"花羞女在外面应道:"请给你家少爷潘秀捎个话,就说我是对门花羞女,曾与他因着戏玩一个牙球,才能相见,也算有些缘分,如今我有些难处,特来求他帮上一帮。"看门人忙来禀告潘秀。潘秀一听大惊失色,心想对门花羞女不是已经死去半年多了吗?这必定是她的鬼魂来作怪,于是就吩咐家人取些纸钱来,自己拿了宝剑来开门,一看,果然是花羞女在外面,满脸泪水,哀求个不住。潘秀和花羞女说:"你父母是个大富之家,为何不回去让他们给你烧化些纸钱,倒来我这里苦苦纠缠?"就把这纸钱烧化了,赶紧回到屋里让家人关门。花羞女见潘秀不信自己是活人,一阵寒风吹过,身上更加寒冷,只好继续在那里苦苦哀求,就是不肯离去。潘秀见这怨鬼竟然还在聒噪,心里大怒,也是他胆大,叫家人开了门,自己出去抽出宝剑,一剑挥过去,只见那女鬼应声倒地,再无半点儿声响,就安心回屋去了。可怜这花羞女最后竟然死在自己的情郎手上,当真是世事难料!

第二天,有巡街的军士在门外大叫:"这里怎么有一具无头女尸,满身是血?"原来这花羞女的头叫潘秀砍下之后,竟然让一只野狗给叼去了,所以只剩下个无头女尸在那里。见出了人命了,巡街的不敢怠慢,忙留下几个守着尸首,派个腿脚快的报告包大人去了。可是大家都不知道这死者是谁,也没人见着潘秀杀人,就是潘秀也还以为自己是挥剑斩鬼呢!于是这案子就拖下来了。可是那刘老儿听看门的说小姐的鬼魂回来索钱使了，结果第二天自己家门口这街上就丢着一具无头女尸，这事可也太巧了些，心里就有些疑虑，可是也不敢肯定，于是就终日闷闷不乐。一天，这刘老儿做了个梦，梦见花羞女说："爹爹，我确实是被那对门的潘秀给杀了，尸首就在他门外，爹爹一定要替女儿申冤啊！"说罢，满眼含泪地离去了。刘老儿醒了，反复想了这梦，和自己老伴儿说："咱家女儿的墓多半是叫人给扒开了。"就赶紧带人去南门外打开坟一瞧，那棺材里哪有女儿的尸体？刘老儿就写个状子来开封府包大人处告潘秀，说他偷坟掘墓在先，杀死女儿在后，求包大人为那冤死的花羞女报仇。包公见前日那无头女尸案有了眉目，便吩咐差役去拿潘秀来问话，潘秀倒也不怕，就说道："刘家花羞女已经死了有半年了，忽然有一夜来我家敲门，我开门一看，果然是花羞女，我想着肯定是鬼魂作怪，就拿纸钱烧化了，哪知她还是不走，我就拿宝剑斩了她，我并没有去开过她的坟墓。请包大人明察！"包公见这潘秀说的从容，不像是说假话，就命令把他先关在牢里。包公想来想去，觉着这案子的关键就是得知道究竟是谁挖开了花羞女的坟墓，就吩咐写了个告示四处张挂去："本官如今抓到潘秀杀了花羞女，只是这潘秀不肯招认，不知道当初是哪个挖开的花羞女的坟墓，才救得花羞女还魂，若是能前来指证，本官便赏他一千贯钱。"那边李辛因为一场大火不仅把自家财物烧个一干二净，后来又打听到花羞女被杀了，现在正是人财两空，衣食无着的时候，见包大人让自己去指证，还有赏钱可以拿，还以为包公不会追究自己开坟掘墓之罪，就到开封府来自首，原原本本地招认了自己为了花羞女的美貌前去掘墓,不想花羞女竟然还魂的事情。包公见他招认了,就吩咐左右打自己的官俸里拿出一千贯来赏给他,但是就在这李辛拿了赏钱欢欢喜喜要走时,却被包公吩咐左右给拿下了,李辛大惊:"包大人不是赏都赏了我吗? 怎么还要抓我?"包公一拍惊堂木,说道:"我赏你是不假,不过这只是因为你帮我破案罢了。你帮我判明了案情,这是私恩,所以本官用自己的官俸来谢你。可是你开坟掘墓,本已是大罪,如果那花羞女不死,你也算救了那花羞女,可是如今这花羞女却因此而被潘秀所杀,这不是你的罪过吗?"吩咐左右把李辛绑了,交给刀斧手押赴刑场问斩。不过包公又当众宣布:"这李辛还留得一千贯钱在这里,你们替本官去买口棺材,把他好好安葬了吧!"包公又判那潘秀道:"你不该忘恩负义,背盟毁约,气死花羞女在前,又不细细查问,误杀了她在后,一条人命你竟然杀了她两次。不过念在这两次你都不是有意为之,就免了你的死罪。不过死罪可免,活罪难逃,我便取消了你在县学里的身份,以后再也不许出来考取功名。我再打你一百大板,让你记牢了花羞女的冤屈! 左右,给我重重地打,不许留情!"差役们在旁边听着,早恼这潘秀是个负心薄幸的人,听包大人吩咐打他,便一拥而上,把这潘秀按倒在地,结结实实地打了起来,直把这潘秀打得皮开肉绽,叫苦不迭,回到家里一直养了有一年多才好起来,不过再也没有过去的精神头儿了,潘家也就慢慢衰败下去了。

大家听说了花羞女的冤屈,无不为她惋惜,但见包公判得公正,都拍手叫好,称赞包公真是个仁义的好官!